Dieses SchneiderBuch gehört

BILLE und ZOTTEL

Pferdeliebe auf den ersten Blick

TINA CASPARI

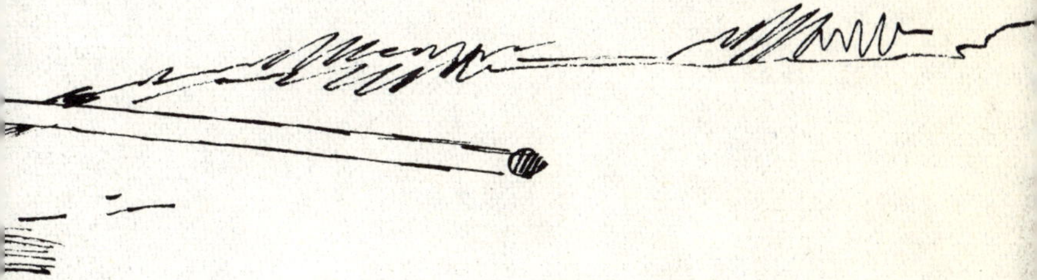

Schneider-Buch

Inhalt

Bille hat Probleme

„Kannst du nicht noch ein bißchen schneller fahren?" jammerte Bille und duckte sich hinter Karlchens breiten Rücken.

„Wenn ich den Karren sauer fahre, kriege ich ihn von meinem Bruder nie wieder!" Karlchen bremste so scharf, daß das Moped schlingerte und quer auf der Fahrbahn zum Stehen kam. „Außerdem ist es sowieso zu spät. Sieh mal, da!"

„Mist!"

Da vorne bog Mutschs klappriger Kombi um die Ecke und hielt mit quietschenden Bremsen vor dem windschiefen Strohdachhaus. Wie jeden Morgen kam sie aus Neukirchen, wo sie auf dem Großmarkt Frischware für ihr kleines Lebensmittelgeschäft besorgt hatte. Warum mußte sie ausgerechnet heute so pünktlich sein!

„Was mach ich denn nun bloß? Wäre eure blöde Nuckelpinne gleich angesprungen, wäre uns das nicht passiert!" maulte Bille.

„Und wärst du nicht so verrückt darauf, morgens um fünf schon heimlich in den Pferdestall zu gehen, dann brauchte ich mich jetzt nicht von dir anmeckern zu lassen. Hab ich das nötig?“ gab Karlchen zurück.

„Hast ja recht, entschuldige.“

Bille sah so todunglücklich aus, daß Karlchens Herz dahinschmolz wie ein Eis am Stiel in der Sonne.

„Also gut – schleich dich durch den Garten nach oben. Ich versuche, sie abzulenken.“

„Bist ein klasse Kumpel! Danke!“ Bille boxte Karlchen liebevoll in den Rücken und schlich sich im Schutz der Büsche davon.

„Bis später!“ rief Karlchen ihr leise nach, dann fegte er mit einem Kavaliersstart die Straße hinunter auf Frau Abromeit zu, die gerade damit begann, ihre Waren auszuladen.

„Morgen, Frau Abromeit!“ hörte Bille ihn rufen.

„’n Morgen, du alter Krachmacher, geht’s nicht ein bißchen leiser?“

Bille kletterte von dem Holzstoß hinterm Haus auf die Garage, und von dort über den Birnbaum aufs Dach und in ihr Mansardenfenster hinein. Drinnen blieb sie stehen und lauschte.

Verflixt! Mutsch kam schon die Treppe herauf!

Mit einem Satz war Bille im Bett – so wie sie war, in Stiefeln, Jeans und Pulli. Sie zog sich die Bettdecke bis über die Nasenspitze und tat, als schliefe sie fest.

„Bille! Aufstehen – es ist schon halb sieben!“

Mutsch öffnete die Tür und sah ins Zimmer.

„Nun los, Kind, du mußt dich beeilen, raus aus den Federn!“

Bille markierte lautes Gähnen.

„Schon gut, Mamutschka, ich komm schon . . .“

Im stillen schickte sie ein Stoßgebet zum Himmel, ihre Mutter möge nicht auf die Idee kommen, neben ihrem Bett stehenzubleiben, bis sie sich erhob, oder ihr gar die Decke wegzuziehen. Aber nein, ihr Gebet wurde erhört.

„Ich muß wieder runter, den Wagen fertig ausladen. Putz dir die Zähne gründlich“, sagte Frau Abromeit und schloß die Tür hinter sich.

Uff! Das war noch mal gutgegangen. Bille wartete sicherheitshalber, bis sie ihre Mutter unten mit den Gemüsekisten hantieren hörte, dann sprang sie aus dem Bett, zog sich aus und lief ins Bad hinüber. Nur gut, daß Mutsch den intensiven Pferdestallgeruch heute nicht bemerkt hatte. Bille war ganz schön heiß geworden unter der Bettdecke. Egal. Hauptsache, Mutsch hatte sie nicht erwischt. Das hätte wieder ein Theater gegeben!

Karlchen war doch ein prima Freund.

Eigentlich war er wie ein Bruder, überlegte Bille, während sie den Wasserhahn voll aufdrehte und den Schwamm darunterhielt. Wie der Bruder, den sie sich immer gewünscht hatte: ein Jahr älter und ein richtig guter Kumpel, auf den man sich verlassen konnte. Bille hatte zwar eine Schwester, aber die war zwölf Jahr älter als sie und genau der Typ, der einem ewig als leuchtendes Beispiel vor die Nase gehalten wird. Bille ließ sich das kalte Wasser über Gesicht, Hals und Schultern laufen. Ah, das tat gut!

Mit Karlchen hatte sie gespielt, seit sie laufen konnte. Mit ihm konnte man jeden Blödsinn machen, und wenn es nötig war, hatte er sich auch mal für sie geprügelt.

Als Bille frischgewaschen und angezogen in ihr kleines Zimmer zurückkehrte und ans Fenster trat, sah sie drüben bei Brodersens Karlchen am Fenster, der gerade seine Bücher in die Schultasche stopfte.

„Alles gutgegangen!“ signalisierte Bille ihm hinüber, und Karlchen winkte zurück „Verstanden!“ Sie hatten seit langem ihre geheime Zeichensprache.

Karlchen verschwand vom Fenster. Bille lehnte sich hinaus. Wenn sie sich ein wenig vorbeugte, konnte sie links bis nach Groß-Willmsdorf hinübersehen. Dort lagen die breiten Wirtschaftsgebäude des Gutshofs, und da vorne das Ziel all ihrer Träume und Wünsche: der Pferdestall. Da hatte sie vor einer Stunde noch mit Karlchen frisches Stroh in den Boxen verteilt, bis sie merkte, daß sie vergessen hatte, ihre Uhr aufzuziehen.

Hubert, Karlchens großer Bruder, der gemeinsam mit dem alten Petersen die Arbeit im Pferdestall besorgte, hatte nicht lange gefackelt, er hatte Karlchen sein Moped geliehen, damit Bille noch pünktlich nach Hause kam. Jetzt waren Petersen und Hubert sicher dabei, die Pferde für die Morgenarbeit zu satteln. Wie schön wäre es, statt in die Schule zu fahren, in dem Versteck in der großen Kastanie zu sitzen und von dort aus Herrn Tiedjen, dem berühmten Springreiter zuzuschauen, wie er den jungen Fuchshengst Patrick zuritt oder mit einem der anderen Pferde für den Preis der Nationen trainierte!

„Bille! Wo bleibst du denn! Komm frühstücken!“ hörte sie Mutsch auf der Treppe ärgerlich rufen.

Seufzend ergriff Bille ihre Schultasche, holte schnell noch das Englischbuch unter ihrem Kopfkissen hervor und rannte die Treppe hinunter.

In der geräumigen Küche, die zugleich als Hinterzimmer und Lager des kleinen Ladens diente, hatte ihr Mutsch bereits das Frühstück bereitgestellt. Eine Scheibe Schwarzbrot mit Schinken und ein Butterbrötchen mit selbstgemachter Erdbeermarmelade warteten auf dem Teller, Tee und Milch dampften in der Tasse. Bille hatte einen Bärenhunger. Schließlich war sie seit halb fünf Uhr auf und hatte tüchtig gearbeitet.

„Hm, danke, das sieht ja lecker aus!“ Bille biß gierig von dem Schinkenbrot ab.

„Nun schling nicht wieder so. ’s nimmt dir ja keiner weg!“ Mutsch trank ihre Teetasse leer und räumte ihr Gedeck weg.

„Ich hab Karlchen Brodersen vorhin getroffen, er kam schon von der Arbeit. Tüchtiger Junge. Nicht so 'n Langschläfer wie du!"

„Och der . . .", sagte Bille gleichgültig und dachte bei sich: Wenn du wüßtest!

„Will sich Geld verdienen, für ein eigenes Moped, hat er mir erzählt."

„Blöd", murmelte Bille.

„Ich kann das nicht blöd finden, wenn einer mit vierzehn schon sein eigenes Geld verdient – neben all der Arbeit für die Schule."

„So meine ich das ja nicht. Was ich blöd finde ist, daß er im Pferdestall arbeitet und sich überhaupt nicht für Pferde interessiert. Ihm geht's bloß ums Geld, die Tiere sind ihm egal", sagte Bille verächtlich. „Wenn ich es wäre – ich würde noch mein ganzes Taschengeld dazugeben, wenn man es von mir verlangte, um Herrn Tiedjens Pferde versorgen zu dürfen!"

„Ach ja", stöhnte Mutsch, „da wären wir denn ja wieder beim Thema. Hätte mich auch gewundert, wenn mal eine Mahlzeit vorübergeht, ohne daß du davon anfängst. Na, ich muß jetzt in den Laden. Vergiß bitte nicht – was ist denn das?" unterbrach sie sich.

Mutsch hatte im Vorbeigehen das Englischbuch hochgenommen und einen Blick hineingeworfen. Dabei mußte sie entdecken, daß darunter ein Pferdebuch lag.

„Mädchen, Mädchen! Was soll denn das nun wieder . . ." Mutsch schüttelte verzweifelt den Kopf.

Steter Tropfen höhlt den Stein, dachte Bille. Eines Tages mußt du doch nachgeben und mich reiten lassen!

Zum Glück wurde im Laden an die Tür geklopft, und Mutsch hatte keine Gelegenheit mehr, ihr eine Gardinenpredigt zu halten.

„Morjn, Olga!" hörte Bille jemanden sagen.

Das konnte nur Onkel Paul sein. Bille spitzte die Ohren.

„Na, wie geht's uns denn immer so?"

„Äh . . .", machte Mutsch unbestimmt. „Wie immer?" fragte sie dann, um Onkel Paul abzulenken.

„Wie immer."

Bille hörte, wie Mutsch für Onkel Paul die Brötchen in die Tüte füllte und über den Ladentisch schob.

„Schlechte Geschäfte, wie?"

„Ach, wenn's das nur wäre. Aber die Lütte mit ihrem Pferdefimmel, das macht mich reineweg verrückt! Wo soll das bloß noch hinführen! So was Nutzloses. Und nix anderes im Kopp!" Mutsch redete sich richtig in Zorn. „Reiten lernen! Als ob wir uns das leisten können – das wär ja noch schöner! Als wenn wir reiche Leute wären – und keine anderen Sorgen hätten!" ereiferte sie sich.

„Na, na, nun mal langsam, Olga. Also erstens ist die Lütte doch ganz in Ordnung. Hat sie nicht bis jetzt immer gute Zeugnisse nach Hause gebracht?"

„Das schon, aber . . ."

„Und zweitens: was den Pferdefimmel anbetrifft, da kann ich mich gut an eine junge Dame erinnern, der man vor dreißig Jahren – noch keine zwölf war sie! – vorgeworfen hat, sie würde sich mehr um die Pferde als um die Menschen kümmern. Die lieber im Stall bei den Gäulen geschlafen hat, als in einem Bett, die . . ."

„Ach, hör doch auf!" unterbrach ihn Mutsch. „Das war was ganz anderes damals, das ist doch alles vorbei und vergessen. Die Zeiten haben sich geändert!"

Bille kaute vor Aufregung immer schneller. Hochinteressant was man da zu hören bekam! Daß Mutsch in ihrer Jugend auch so ein Pferdenarr gewesen war, hatte sie Bille bisher wohlweislich verschwiegen! Nur gut, daß Onkel Paul Mutsch schon als kleines Mädchen gekannt hatte.

Sie waren damals in Ostpreußen Nachbarskinder gewesen. Später waren ihre Familien auf der Flucht in einem Treck hier nach Wedenbruck gekommen und hatten sich eine neue Existenz aufgebaut. Mutsch hatte einmal erzählt, daß auf dem Treck auch ein paar wertvolle Trakehner-Stuten mitgeführt wurden, die nach Groß-Willmsdorf kamen und deren Nachfahren jetzt unter Herrn Tiedjens erfolgreichsten Springpferden zu finden waren.

„Meine Große, die Inge", fuhr Mutsch drüben fort, „die hat nie solche Flausen im Kopf gehabt. Die hat von Anfang an gewußt, wo ihr Platz im Leben ist – und nicht so rumgesponnen wie unser Küken da. Wenn wenigstens ihr Vater noch lebte – der hätte ihr die Dummheiten schon längst ausgetrieben. Aber auf mich hört sie ja nicht."

„Aber, Olga, was ist denn daran nun so Schlimmes, wenn man Pferde liebt und gerne reiten möchte! Du kannst doch deiner Tochter nicht was verbieten, was du haargenauso gemacht hast! Von wem hat sie's denn schließlich?!"

„Sieh mal einer an!" sagte Bille.

„Das war ganz was anderes!" sagte Mutsch heftig. „Wir waren Bauern, für uns waren die Pferde damals lebenswichtig. Heute ist das doch nur Luxus."

Für mich sind Pferde auch lebenswichtig, dachte Bille. Sie hätte sich allmählich auf den Weg machen müssen, Karlchen wartete sicher schon. Aber dieses Gespräch konnte sie sich auf keinen Fall entgehen lassen.

„Nur, weil du damals einen dicken Strich unter deine Reiterträume gemacht hast, kannst du deiner Tochter doch nicht verübeln, daß sie die gleichen Träume hat!" sagte Onkel Paul.

„So verrückt war ich nie!"

„Du warst noch verrückter."

Mutsch schwieg betroffen. Dann flüsterte sie, Bille konnte nicht verstehen, was sie sagte. Wahrscheinlich machte sie

Onkel Paul darauf aufmerksam, daß ihr Gespräch mitgehört wurde. Jedenfalls räusperte sich Onkel Paul übertrieben laut und Bille sah ihn in Gedanken vor sich, wie er über das ganze Gesicht grinste.

„Ich kann ihr den Luxus jedenfalls nicht bieten“, sagte Mutsch bestimmt. „Sie soll sich man beizeiten um einen ordentlichen Beruf kümmern. Wer weiß, was alles noch kommt. Der Laden geht immer schlechter, jeder will heute nur noch in Supermärkten kaufen, wo er 'ne Riesenauswahl hat und alles zu Sonderpreisen kriegt. Da kann ich nicht mehr mithalten. Wir Kleinen gehen alle kaputt an euch großen Haien. Ja, ja – sieh mich nicht so an, du gehörst auch dazu mit deinen ‚Spar-Markt‘-Ideen! Und so jung bin ich auch nicht mehr . . .“

„Nu hör aber auf“, brummte Onkel Paul.

„Jedenfalls werde ich froh sein, wenn für das Küken gesorgt ist. Große Extrawürste sind da nicht drin.“

Drüben wurde die Tür aufgerissen, die Ladenklingel schellte.

„Ist Bille noch nicht fertig?“ rief Karlchen atemlos.

„Ich komme schon!“ rief Bille, ehe Mutsch antworten konnte. Sie sprang auf, packte das Pferdebuch zusammen mit dem Pausebrot in die Schultasche, trank im Stehen schnell den letzten Schluck Tee und rannte durch den Laden.

„Tschüs, ihr beiden Kampfhähne!“ rief sie übermütig und zog Karlchen mit nach draußen.

Ihr Fahrrad stand noch in der Garage, Karlchen fuhr ungeduldig im Kreis herum, bis sie es endlich an Mutschs Wagen vorbeigeschoben hatte und auf der Straße stand.

„Nun beeil dich schon, wir sind verdammt spät dran!“

„Weiß ich doch.“

Als sie draußen auf der Landstraße waren, fragte Karlchen plötzlich: „Warum hast du das vorhin gesagt?“

„Was denn?“

„Na das mit den ‚Kampfhähnen‘.“

„Ach . . .“, keuchte Bille, sie mußten kräftig gegen den Wind anradeln, der von der Ostsee herüberkam und ein wenig nach Salz schmeckte, „weißt du, sie haben sich ewig in der Wolle. Onkel Paul wirft Mutsch vor, daß sie so eigensinnig an dem Laden hängt, wo sie doch anderswo viel mehr verdienen könnte und nicht so schwer arbeiten müßte. Und Mutsch wirft Onkel Paul vor, daß er drüben in Leesten den Sparmarkt bauen will, weil sie dann noch mehr Kunden verliert, und daß er abends immer im ‚Krug‘ am Stammtisch sitzt. Und dann meckert er wieder zurück, daß sie sich seit dem Tod von Vater nicht mehr hübsch zurechtmacht – und all so was.“

„Aber er geht doch dauernd zu ihr hin? Und da tun sie nichts weiter als streiten?“

„Verrückt, nicht?“

„Ich weiß nicht. Sie müssen sich gewaltig lieben . . .“, meinte Karlchen philosophisch.

„Wie kommst du darauf?“

„Bei meinen Eltern ist das so. Den ganzen Tag streiten sie sich, immer die gleiche Litanei, aber wehe, du sagst selbst mal was von dem, was sie sich so vorwerfen! Dann kannst du was erleben – dann werden sie fuchsteufelswild!“

„Da ist Helga!“ unterbrach Bille Karlchens Überlegungen.

„Wer ist Helga?“

„Unsere Neue.“

Aus der Seitenstraße, die aus dem Nachbarort auf die Hauptstraße zulief, bog ein zierliches schwarzhaariges Mädchen ein und gesellte sich zu ihnen. Bille machte sie mit Karlchen bekannt. Karlchen bekam große Augen, als die hübsche Helga ihm gerade ins Gesicht sah, und seine Ohren nahmen unversehens die Farbe seiner brandroten Haare an.

„Wann habt ihr heute aus?“ fragte Karlchen.

„Halb eins“, antwortete Bille.

„Schade“, seufzte Karlchen. „Ich erst um halb zwei.“

Ein Sturz mit glücklichen Folgen

„He, Bille, wo willst du denn so schnell hin?“ rief Heike.

„Laß sie. Seit die nur noch Pferde im Kopf hat, ist sie ein hoffnungsloser Fall“, sagte die pummelige kleine Elli und stopfte den Rest ihres Pausebrots in den Mund.

Heike flocht verbissen ihre dicken blonden Zöpfe fester und suchte unter der Bank vergeblich nach der zweiten Zopfspange.

„Ja, ich glaube auch, die können wir abschreiben“, sagte sie seufzend, wobei nicht ganz klar war, ob sie die Spange oder Bille meinte. „Seit Wochen ist sie nicht mehr mit zum Schwimmen gekommen. Ich versteh sie nicht.“

„Ich schon“, mischte sich Helga ein, die eigentlich ein bißchen traurig war, daß Bille nicht auf sie gewartet hatte. „Pferde sind doch was Wunderbares. Und Reiten. Aber wer kann sich das schon leisten.“

„Bille Abromeit sicher nicht!“ sagte Elli spitz.

Bille war wie immer als erste draußen gewesen. Noch während die Schulglocke durch die Gänge schrillte, rannte sie über den Hof. Sie feuerte ihre Mappe mit gezieltem Griff auf den Gepäckträger, sprang aufs Rad und flitzte die Straße hinunter.

Wenn sie vor dem Mittagessen noch an der Koppel vorbei wollte, mußte sie sich beeilen.

Drei Kilometer nach Niendorf, dem Ort, in dem das Schulzentrum für sämtliche umliegenden Dörfer lag, bog sie von der Chaussee ab und fuhr auf einem Feldweg zur Stutenkoppel hinüber.

Heute waren nur Donau und Iris hier draußen, die beiden, die noch nicht gefohlt hatten. Die Köpfe gesenkt, standen sie in der Mitte der Koppel und rupften sich bedächtig die saftigsten Grasbüschel heraus. In ihren Mähnen spielte der Wind, und Donaus fuchsrotes Fell leuchtete in der Mittagssonne, als hätte man sie in flüssiges Gold getaucht.

„Donau! Iris!“ Bille kramte in ihrer Tasche nach den mitgebrachten Zuckerstücken. „Kommt her, meine Schönen, ich hab was für euch!“

Donau und Iris trotteten langsam heran, die gerundeten Bäuche schwer von dem bald zu erwartenden Nachwuchs. Als erste streckte Donau ihren Kopf über den Zaun. Sie war jahrelang das erfolgreichste Springpferd in Herrn Tiedjens Stall gewesen. Nun hoffte er, daß sie ebenso erfolgreiche Kinder bringen würde. Dieses war ihr erstes Fohlen, in zwei Wochen sollte es soweit sein.

Donau nahm zart den Zucker aus Billes flach ausgestreckter Hand. Wie weich ihr Maul war, wie hübsch die großen dunklen Augen, die schmale Blesse auf dem zierlichen Kopf, die kleinen Ohren! So ein Pferd einmal reiten zu dürfen, Bille bekam Herzklopfen vor Glück, wenn sie nur daran dachte!

Inzwischen war auch Iris herangekommen. Sie war etwas kleiner als Donau, eine Rappstute mit einer weißen Flocke auf der Stirn, und ein wenig scheu und kapriziös.

„Na, Gnädigste, gibst du mir heute die Ehre?“

Iris antwortete mit einem verhaltenen dunklen Wiehern, ihre Ohren spielten unruhig. Ganz lang machte sie den Hals, um Billes Hand zu erreichen. Bille spürte den warmen Hauch ihrer Nüstern, als sie prüfend den darin liegenden Zucker beschnupperte.

„Aber, aber – wer wird denn so mißtrauisch sein, so ist es gut, siehst du? Das schmeckt, nicht wahr?“

Iris war ein hervorragendes Springpferd. Trotzdem hatte sie wenig Erfolg gehabt, denn ihre Nervosität bei zu laut klatschendem Publikum oder ungewohnten Geräuschen ließ sie immer wieder Hindernisse verweigern oder unkonzentriert springen. Nun wollte Herr Tiedjen versuchen, ob die Mutterfreuden sie ruhiger machen würden.

Bille wußte alles über die Pferde in Groß-Willmsdorf. Der alte Petersen beantwortete bereitwillig all ihre Fragen, und zu Hause waren die schrägen Wände ihres Dachzimmers tapeziert mit Fotos und Zeitungsartikeln, die von Herrn Tiedjen und seinen Erfolgen berichteten.

Jetzt wurde es aber höchste Zeit, nach Hause zu fahren.

„Tschüs, meine Schönen, macht's gut!"

Bille schob das Rad zurück auf den Weg und stieg auf. Die Stuten begleiteten sie ein Stück am Koppelzaun entlang und wandten sich dann wieder dem Gras zu.

Bille richtete sich hoch auf und trat mit aller Kraft in die Pedale. Mit leicht vorgeneigtem Kopf und halb geschlossenen Augen, die Haltung eines Springreiters nachahmend träumte sie, sie flöge auf Donaus Rücken über die Hindernisse. Hier, der Wassergraben – weit hinüber – das Publikum klatscht – jetzt die Mauer – geschafft! Scharf angaloppieren, um vor dem nächsten Sprung noch ein wenig Zeit herauszuholen, ein zwei Sekunden schneller sein, als die anderen!

Sie war inzwischen wieder auf der Straße, die blonde Mähne flog im Wind wie eine Fahne. Bille befand sich gerade im zweiten Stechen mit einem fehlerlosen Ritt auf dem Wege zum Sieg. Ein letzter Sprung noch . . .

Schrilles Reifenquietschen riß sie aus ihren Träumen. Bille warf sich mit dem Rad zur Seite und landete in hohem Bogen im Straßengraben. Das linke Knie schmerzte heftig und in dem schönen neuen Sommerrock klaffte ein riesiges Loch. Blut tropfte am Bein hinunter und färbte die weißen Sandalen rot. Bille versuchte sich aufzurappeln. Über ihr erschien das entsetzte Gesicht von Herrn Tiedjen.

„Um Gottes willen, Mädchen, was machst du denn für Sachen! Laß mal sehen, kannst du noch auftreten?"

Herr Tiedjen war käseweiß im Gesicht und untersuchte vorsichtig Billes Bein.

„Komm, stütz dich auf mich, ich bring dich zum Arzt."

Er führte sie zum Wagen und hob sie auf den Sitz. Dann packte er das verbogene Fahrrad in den Kofferraum.

„Bist du nicht die Jüngste von Frau Abromeit? Die so viel bei uns im Pferdestall herumhockt?"

Bille nickte stumm, der Schreck saß ihr noch in allen Gliedern.

„Wie heißt du mit Vornamen?"

„Sibylle – aber alle nennen mich Bille."

„Und wie alt bist du, Bille?"

„Zwölf. Aber ich werde bald dreizehn."

Das Knie brannte scheußlich. Trotzdem genoß Bille es, in so einem tollen Wagen dahinzuflitzen – neben ihrem heimlichen Idol. Sie hätte so gerne mit ihm über ihre Zukunftsträume und Pläne geredet, aber vorerst brachte sie kein Wort heraus.

Die Fahrt war viel zu schnell vorbei. Herr Tiedjen hob Bille aus dem Auto und trug sie zum Haus des Arztes.

Zwanzig Minuten später standen sie wieder auf der Straße, Bille mit einem dicken Verband um das Knie.

„Na, was hältst du von einer Limonade oder einem Eisbecher auf den Schreck hin, hm?"

„Au ja!" sagte Bille strahlend. Als sie in der Konditorei saßen und Bille sich hingebungsvoll über einen riesigen Eisbecher mit Früchten hermachte, kam Herr Tiedjen wieder auf den Unfall zurück.

„Nun sag mir bloß einmal Mädchen, wo du deine Gedanken gehabt hast, als du da so die Straße entlanggeschossen bist. Du kamst mir ja wie eine Rakete entgegen!"

„Ich – ich habe geträumt. Ich meine . . .", Bille mußte allen Mut zusammennehmen, „ich habe mir vorgestellt ich sei auf einem Turnier und würde Donau reiten. Und gerade als ich im Stechen das letzte Hindernis vor mir hatte – alle anderen hatte ich fehlerlos geschafft –, da . . ."

„Moment mal. Du träumst du reitest, wenn du Fahrrad fährst?" Herr Tiedjen lachte.

Bille lief rot an. Wie konnte er darüber lachen?!

„Was soll ich denn machen, wenn ich keine Möglichkeit habe zu reiten?" sagte sie empört. „Sie haben gut Lachen, sie haben jede Menge Pferde und reisen von Turnier zu Turnier! Aber ich? Von meinem Taschengeld kann ich mir nicht mal eine Reitstunde im Monat leisten. Außerdem ist Mutsch dagegen. Sie meint, Reiten sei nur was für reiche Leute."

Herr Tiedjen sah Bille lange prüfend an. In ihrem Gesicht lag soviel Sehnsucht und Enttäuschung, aber auch Entschlossenheit und Leidenschaft, daß er unwillkürlich an seine eigene Kindheit denken mußte, an die Tage, als er morgens um fünf schon im Stall war, an die schlechten Zeugnisse, die Strafen, den Stubenarrest – an alles, was er in Kauf genommen hatte, um der Pferde und um des Reitens willen.

„Deine Mutter hat unrecht, Bille. Reiten ist etwas für Menschen, die Pferde lieben, sie so sehr lieben, daß sie bereit sind, jedes Opfer für diese Liebe zu bringen." Herr Tiedjen sah Bille nachdenklich an. „Ich könnte mir vorstellen, daß du diese Pferdeliebe besitzt. Und ich habe das Gefühl, wir sollten etwas dafür tun, meinst du nicht? Aber darüber wollen wir gemeinsam mit deiner Mutter sprechen." Er lächelte. „Komm. Du wirst mit mir zufrieden sein."

Herr Tiedjen stand auf und reichte Bille den Arm.

In der Tür stießen sie mit Dr. Dörfler zusammen.

„Hallo – das paßt ja großartig, dich suche ich nämlich gerade!" sagte der Tierarzt und schüttelte Herrn Tiedjen die Hand. „Ich konnte allerdings nicht ahnen, daß du um diese Zeit schon mit jungen Damen zum Eisessen ausgehst!"

„Du hast mich gesucht? Es ist bei mir drüben doch nichts passiert?" fragte Herr Tiedjen beunruhigt.

„Um Himmels willen, nein! Du brauchst nicht gleich blaß um die Nase zu werden. Es betrifft mich. Hast du einen Augenblick Zeit? Gut. Aber jetzt brauche ich erst einmal einen Schnaps, der Schreck ist mir in die Glieder gefahren."

Sie kehrten an den Tisch zurück und setzten sich.

„Nun mach's nicht so spannend. Von was für einem Schrecken sprichst du?"

„Zirkus Sandranelli – schon mal was davon gehört?"

„Nein, ist das eine Bildungslücke?"

„Ganz sicher nicht." Dr. Dörfler lachte bitter. „Es ist der traurigste Lumpenhaufen, der mir je im Leben zu Gesicht gekommen ist."

Die Kellnerin brachte seinen Schnaps, und er trank das Glas in einem Zuge leer.

„Nun erzähl schon."

„Da gibt's nicht viel zu erzählen. Ein kleiner Wanderzirkus. Ein paar Kilometer von hier haben sie Station gemacht. Weiß der Himmel, wie sie überhaupt so weit gekommen sind. Jedenfalls hat dort ein gutherziger Mitbürger Anzeige erstattet. Wegen Tierquälerei. Und man hat mich als Gutachter hingeschickt. Ich will dich mit näheren Beschreibungen verschonen. Ein paar der Tiere mußte ich gleich einschläfern, um sie von weiteren Qualen zu erlösen, andere hat der örtliche Tierschutzverein aufgenommen."

Dr. Dörfler strich sich über die Stirn, dann schüttelte er heftig den Kopf, als müsse er den Eindruck mit Gewalt verscheuchen.

„Verseucht, verhungert, auf engstem Raum zusammengepfercht – in schmutzigen Kisten und Käfigen, voller Ungeziefer. Na, ich glaube, dir wäre übel geworden bei dem Anblick", erzählte der Tierarzt weiter.

„Unbegreiflich, daß da nicht viel früher jemand eingegriffen hat! Aber so sind die Leute: feige, ohne Verantwortungsgefühl. Keiner will sich die Finger verbrennen, jeder hofft, daß der andere es tut. Aber nun sag mir, was hat das mit mir zu tun?“

„Hör nur weiter. Sie hatten unter anderem ein Halb-Pony da, ein typisches Zirkuspferd, bunt-gesprenkelt und der verrückteste kleine Kerl, den ich je gesehen habe. Übrigens merkwürdigerweise das einzige von den Tieren, das nicht total verhungert war – und noch jung, kaum älter als drei, vier Jahre . . .“

Dr. Dörfler zögerte und sah Herrn Tiedjen von der Seite an.

„Ja und?“ fragte der.

„Er sollte auf den Schlachthof. Zum Pferdemetzger. Keiner wollte ihn haben.“

„Armer Kerl! So eine Gemeinheit!“ fuhr Bille auf.

„Ja, das dachte ich auch. Er gefiel mir, ich brachte es einfach nicht übers Herz, ihn in den Tod zu schicken. Ich habe ihn gekauft.“

Herr Tiedjen bekam Kulleraugen.

„Du hast was? Das darf doch nicht wahr sein. Was willst du denn mit einem Zirkuspferd, du hast doch noch nicht einmal eine Garage, geschweige denn einen Stall. Willst du es mit ins Bett nehmen?“

„Na, auf dem Sofa wäre noch Platz. Da könnte es gleich fernsehen und langweilt sich nicht, wenn es soviel allein sein muß“, sagte Dr. Dörfler ohne eine Miene zu verziehen. „Und vielleicht könnte ihm jemand das Kochen beibringen. Dann müßte ich nicht immer im Gasthaus essen.“

Herr Tiedjen grinste.

„Allmählich begreife ich. Ich gehe wohl nicht fehl in der Annahme, daß du bei mir um ein warmes Plätzchen für deinen Findling bitten wolltest.“

Jetzt grinste auch Dr. Dörfler.

„Genau so ist es. Ich schenke ihn Groß-Willmsdorf, wenn du bereit bist, ihn durchzufüttern.“

„Tja, Bille, was meinst du? Für einen solchen ‚Pflegefall' brauche ich natürlich noch eine Hilfskraft. Würdest du dir eine solche Aufgabe zutrauen? Ihn betreuen – und reiten? Er ist durch den Zirkus bestimmt vollkommen verdorben, der arme Kerl, wer weiß, was sie mit ihm alles angestellt haben. Aber vielleicht können wir ihn wieder hinbiegen und später zum Kauf anbieten. Die Peershöfer suchen immer noch ein zweites Pferd für ihre Kinder. Natürlich wird dir Petersen erst einmal zur Seite stehen. Aber wenn du es schaffst, darfst du die Verantwortung für unser Pflegekind auch ganz allein übernehmen. Na, wie wär's?"

„Ist es ein Pony?" fragte Bille.

Ponys waren in ihren Augen keine richtigen Pferde, schon gar nicht zum Reiten.

„Ein Halb-Pony. Kein Pferd im Taschenformat, wie du dir vielleicht vorstellst. Nur etwas kleiner, als Herrn Tiedjens Pferde, falls das deine Sorge ist", sagte Dr. Dörfler lachend, „für dich ist es allemal groß genug."

„Klar schaff ich das! Wann können wir es abholen?" sagte Bille strahlend. „Ist es krank? Muß ich es erst gesundpflegen? Ist es sehr schwach? Na, ich werde es schon rausfüttern!"

„Das wird gar nicht nötig sein. Ich sagte ja schon: erstaunlicherweise ist es in recht gutem Zustand, keine Ahnung, wie es das geschafft hat. Es ist nur schrecklich ungepflegt – es sieht zum Fürchten aus."

„Das macht nichts, ich kriege es schon hin."

Die beiden Männer zwinkerten sich zu.

„Na bitte, da hörst du's. Also, wann und wo können wir es abholen?"

„Jederzeit. Es steht in Neukirchen beim örtlichen Tierschutzverein. Sie haben nicht sehr viel Platz dort und mußten es im Fahrradschuppen unterbringen, aber dort steht es wenigstens trocken und geschützt."

„So, Bille, jetzt müssen wir aber heimfahren, sonst bekommen wir noch Ärger mit deiner Mutter, und aus ist's mit der Zustimmung zu unseren Plänen."

Sie standen auf und verabschiedeten sich von Dr. Dörfler.

„Helfen Sie mir, wenn ich mal nicht weiter weiß? Ich meine – wenn es mal krank ist, oder nicht fressen will, oder . . ."

„Selbstverständlich, ich komme ja sowieso regelmäßig nach Groß-Willmsdorf. Du darfst mich jederzeit holen."

„Danke!" sagte Bille glücklich. „Hoffentlich mag es mich. Wenn ich an das Pferd denke, kriege ich schon Gänsehaut vor Freude!"

Liebe auf den ersten Blick

Die Ladenglocke schrillte in die Mittagsstille hinein.

„Frau Abromeit?"

Mutschs Kopf tauchte in der Küchentür auf, sie strich sich verwirrt eine Strähne aus der Stirn.

„Tag, Herr Tiedjen. Na, das ist ja eine schöne Bescherung! Nun komm schnell was essen, ist ja schon halb drei vorbei!" Sie sprach hastig, um ihre Verlegenheit zu verbergen, und schob Bille an sich vorbei in die Küche.

„Tja – ich – ich muß mich wohl für meine Tochter entschuldigen, ich hoffe sie hat Ihnen nicht zuviel Unannehmlichkeiten bereitet!"

„Aber, Frau Abromeit, ich bitte Sie. Gewiß haben wir beide ein bißchen schuld. Auf der Willmsdorfer Chaussee ist so wenig Verkehr, daß man gar nicht damit rechnet, daß auch mal einer entgegenkommt. Und schließlich hatte der kleine Unfall ja auch sein Gutes: Auf diese Weise habe ich wenigstens Ihre Tochter einmal richtig kennengelernt. Was das betrifft: haben Sie einen

Augenblick Zeit für mich? Ich würde gern etwas mit Ihnen besprechen."

„Natürlich. Bitte sehr – gehen wir dort hinüber."

Mutsch führte Herrn Tiedjen in die Wohnstube, die auf der anderen Seite des schmalen Flurs lag. Zu dumm, so konnte Bille unmöglich hören, was die beiden miteinander sprachen.

Arme Mutsch! Sie dachte sicher, jetzt käme das dicke Ende nach und Herr Tiedjen wolle seine Forderungen stellen, wegen des Kratzers am Auto.

Bille wartete in fieberhafter Spannung auf das Ende der Unterhaltung. Und wie immer, wenn sie aufgeregt war, aß sie schnell und mit Heißhunger. Als nichts mehr von Mutschs guter Kartoffelsuppe übrig war, und nur noch ein paar einsame Pflaumenkerne daran erinnerten, daß da eben noch ein großer Teller mit Kompott gestanden hatte, lehnte Bille sich seufzend zurück. Was nun? Die beiden redeten ja ewig!

Es blieb ihr nichts anderes übrig, als sich an die Hausaufgaben zu machen. Und auf jeden Fall würde es von Vorteil sein, bei Mutsch einen guten Eindruck zu hinterlassen. Also räumte sie schnell den Tisch ab, spülte das Geschirr und setzte sich dann mit ihren Schulbüchern an den Tisch.

Es war schwer, sich in so einem Augenblick auf einen Hausaufsatz zu konzentrieren. Aber es mußte sein!

Sie hatte gerade den ersten Satz geschrieben, da hörte sie Mutschs Stimme auf dem Flur.

„Also schön, Herr Tiedjen, aber wie gesagt: nur zur Probe! Eigentlich bin ich ja gar nicht dafür, und Sie werden mich auch nicht so leicht überzeugen können . . ."

„Ich hole Bille gegen fünf Uhr ab, wenn es Ihnen recht ist."

„Ist gut, ich sag es ihr. Auf Wiedersehen, Herr Tiedjen."

„Auf Wiedersehen, Frau Abromeit. Und – vielen Dank."

Bille beugte sich schnell über ihr Heft und schrieb eifrig. Mutsch kam in die Küche und stellte sich ans Fenster. Eine

Weile sah es so aus, als sei sie ganz in den Anblick ihrer Johannisbeersträucher versunken und rechnete in Gedanken aus, wieviel Gläser Gelee sie dieses Jahr kochen könne, aber dann sagte sie unvermittelt: „Da habt ihr mir ja was Schönes eingebrockt! Also meinetwegen darfst du das Pferd pflegen, solange die Schule nicht darunter leidet."

Sie schaute über die Schulter zu Bille hinüber.

„Wär eine gute Übung für Selbstdisziplin und Zuverlässigkeit hat er gesagt. Na ja, wir werden ja sehen. Jedenfalls: im Prinzip bin ich dagegen."

Bille wäre ihr am liebsten stürmisch um den Hals gefallen, aber sie wußte, daß Mutsch allzu heftige Liebesbezeugungen nicht mochte.

So stand sie langsam auf, ging zu ihr hinüber und lehnte ihren Kopf an ihre Schulter.

„Danke, Mamutschka", sagte Bille leise, „ich bin sehr, sehr froh, weißt du . . ." Und nach einer Weile fügte sie hinzu: „Ein bißchen habe ich natürlich auch Angst – ob ich es schaffe."

„Du?" sagte Mutsch fast entrüstet. „Aber klar! Wärst doch sonst nicht meine Tochter!"

Pünktlich um fünf Uhr hielt Herr Tiedjen vor dem Haus. Bille war gerade mit den Hausaufgaben fertig geworden. Der Aufsatz war gewiß nicht einer ihrer besten, aber dafür sollte der nächste absolut Spitze werden, nahm sich Bille vor.

Herr Tiedjen hielt ihr die Tür auf, sie schlüpfte auf den Beifahrersitz, vor Aufregung brachte sie kein Wort hervor. Durchs Ladenfenster sah sie Mutsch winken, Herr Tiedjen winkte zurück und drückte kurz auf die Hupe, dann brauste er mit Bille davon.

Das Verdeck des Wagens war offen. Der Wind pfiff ihnen um die Ohren und der Anhänger hüpfte und klapperte auf der Chaussee, daß es unmöglich war, sich dabei zu unterhalten. Bille war froh darüber, sie hätte nicht gewußt, was sie sagen sollte. Zu unwirklich kam ihr vor, was sie an diesem Tag alles erlebt hatte und noch erleben sollte.

Bis Neukirchen brauchten sie kaum zwanzig Minuten. Fast genausolange dauerte es, bis sie sich zum örtlichen Tierschutzverein durchgefragt hatten, niemand schien den Lupinenweg zu kennen.

Schließlich hielten sie vor einem roten, flachen Backsteingebäude, einer Mischung zwischen Baracke und Bungalow, an dessen Tür ein Schild mit der Aufschrift „Verein gegen den Mißbrauch der Tiere" hing.

„Na endlich!" stöhnte Herr Tiedjen. „Ich habe schon geglaubt, den Verein gäbe es gar nicht."

„Seh'n Sie doch mal, da!"

Bille hatte es kaum ausgesprochen, da sprang sie schon aus dem Auto und rannte zum Fahrradschuppen hinüber. Das mußte es sein: rotgesprenkelt wie das verrostete Dach des Schuppens und mit dem zottigsten Fell, das Bille je bei einem Pferd gesehen hatte. Ein buschiger, zerzauster Schweif hing bis zur Erde hinunter, und die Mähne war so dicht, daß Bille an einen ungarischen Hirtenhund erinnert wurde, den sie einmal gesehen hatte.

Herr Tiedjen mußte den gleichen Gedanken gehabt haben.

„Um Himmels willen, wo haben sie dich denn losgelassen. Bei dir kann man wohl auch sagen: wo's wedelt, ist hinten, wie?"

Bille war nahe an das Zirkuspferd herangetreten und streichelte ihm Kopf und Hals. Ihr neuer Schützling verlor nicht viel Zeit mit der Bekanntmachung, er schnupperte einmal kurz an Bille hinauf und hinunter, dann hatte er das Gesuchte gefunden. Mit erstaunlicher Schnelligkeit zog er mit den Lippen eine Tüte aus Billes Jackentasche, legte sie auf die Erde zwischen seine Vorderhufe, ergriff mit dem Maul den unteren Zipfel der Tüte und schüttelte, bis alle Zuckerstücke, die Bille vorsorglich für die Fahrt mitgenommen hatte, herausgefallen waren. Zur Prüfung

„Wo's wedelt, ist hinten, was?" meinte Herr Tiedjen lachend

schwenkte er die Tüte noch einmal hin und her, bevor er sie zur Seite fallen ließ, dann machte er sich zufrieden über den Inhalt her.

„Aha." Herr Tiedjen konnte sich kaum das Lachen verbeißen.

Bille warf ihm einen mißbilligenden Blick zu.

„Da siehst du, was dich erwartet", sagte Herr Tiedjen. „Man nimmt nicht ungestraft ein Zirkuspferd in Pflege. Mir dämmert so was, warum der Kerl nicht halb so verhungert ist, wie die anderen Tiere, von denen Dörfler sprach. Er weiß sich zu helfen."

Bille fuhr dem Buntgesprenkelten mit beiden Händen durch die wollige Mähne.

„Hast du solchen Hunger, mein Armer!"

„Das ist eigentlich nicht gut möglich. Er hat gerade eine große Portion Hafer und zwei Dutzend gelbe Rüben verdrückt. Herr Tiedjen? Darf ich mich vorstellen: Müller, ich bin der Geschäftsführer des Vereins, wir haben heute schon miteinander telefoniert."

Sie hatten das Erscheinen des zierlichen Herrn Müller gar nicht bemerkt.

Er gab erst Herrn Tiedjen, dann Bille die Hand, ohne die Augen von dem Pferd nehmen zu können.

„Unbegreiflich. Wo läßt er das nur alles?"

„Das sagt meine Mutter auch immer zu mir. Siehst du, mein Lieber, wir sind uns wenigstens ähnlich!" sagte Bille zufrieden, und das Pferd hob für einen Augenblick den Kopf und schnaubte ihr zärtlich ins Ohr.

„Liebe auf den ersten Blick, wie ich sehe. Ich glaube, wir sind hier überflüssig, Herr Müller. Gehen wir doch in ihr Büro und erledigen die nötigen Formalitäten."

Herr Tiedjen ging zum Haus hinüber, gefolgt von dem eifrigen Herrn Müller, der immer wieder zurückschaute, als könne er seinen Augen nicht trauen.

„Ach, Herr Müller!“ rief Bille ihm nach, als er gerade die Tür hinter sich schließen wollte.

„Ja bitte?“

„Sagen Sie – wie heißt er eigentlich?“

„Keine Ahnung – das hat man uns nicht gesagt. Vielleicht hat er gar keinen Namen.“

„Das ist gut. Danke schön!“

Herr Müller schloß bedächtig die Türe hinter sich, als hätte er Angst, sie durch eine zu heftige Bewegung zu beschädigen. Bille war mit ihrem neuen Freund allein.

„Wie wollen wir dich denn nennen, mein Zotteltier, hm?“

Sie hatte keinen Augenblick aufgehört, ihm die Mähne zu kraulen, ihre Hände begannen, sich mit einer graubraunen, klebrigen Schicht zu überziehen, die sich zu kleinen schwarzen Röllchen formte, sobald sie die Finger aneinanderrieb.

„He, du färbst ab! Also, als erstes werden wir dich mal gründlich reinigen, scheint mir. Vielleicht kommt darunter noch ein Schimmel zum Vorschein. Dann werde ich dir die Mähne und den Schweif ein bißchen stutzen. Und eine Maniküre könnte auch nicht schaden, wie?“

Bille strich prüfend über Kruppe und Bauch.

„Allzu verhungert siehst du wirklich nicht aus. Wie hast du das bloß gemacht? Und ein Fell“, Bille betrachtete belustigt die rostroten Flecken, „als ob du eine Malerleiter umgerissen hättest, auf der ein Topf mit roter Farbe stand! Zuzutrauen wär dir das.“

Das Pferd hatte das letzte Stückchen Zucker vertilgt und war dazu übergegangen, Bille eingehend zu beschnuppern. Offensichtlich gefiel ihm seine neue Pflegerin und deren Zärtlichkeit.

„So, wir können starten.“

Herr Tiedjen trat aus dem Haus und ging zum Wagen hinüber, um die Klappe des Anhängers hinunterzulassen.

„Bring ihn her. Woll’n mal sehen, ob er ohne Protest in unsere Luxuskarosse steigt.“

Bille löste die an den Fahrradständern befestigte Halfterkette und führte das willig folgende Pferd zum Wagen. Sie hatte ein wenig Herzklopfen, ob ihr Schützling vor dem schmalen Transportanhänger nicht scheuen und vielleicht ausbrechen würde.

„Komm, mein Zottelchen, schön brav . . ."

„Zottel? Da hast du einen hübschen Namen für ihn gefunden, ich könnte mir keinen besseren vorstellen."

„Eigentlich wollte ich – aber warum nicht? Bleiben wir bei Zottel, mein Kleiner, wie gefällt dir das?"

Zottel beschnupperte neugierig den Eingang zum Transporter – dann sprang er ohne weitere Aufforderung mit einem kühnen Satz hinein und begann unverzüglich damit, die schützende Polsterung zu verzehren.

„Ich glaube, der braucht einen Maulkorb!" Herr Tiedjen schüttelte den Kopf. „Laß uns bloß schnell losfahren, ehe er mit dem Dach fertig ist und beginnt, die Wände runterzuknabbern."

Diesmal fuhr Herr Tiedjen so vorsichtig, als hätte er eine Ladung hauchdünner Glaswaren zu transportieren. Und Bille bekam einen steifen Hals vom vielen Nach-hinten-Schauen, aus lauter Angst, daß der Anhänger mit ihrem Liebling sich zu stark in die Kurven legen könnte oder Zottel aus unerfindlichen Gründen zu toben anfangen würde. Aber es ging alles glatt, und bald darauf hielten sie in Groß-Willmsdorf vor dem Pferdestall.

Petersen hatte für Zottel schon eine Box bereitgemacht. Zottel stieg bedächtig und voller Würde aus dem Transporter. Hatte Herr Tiedjen ihm ungewollt ein Zeichen gegeben oder hatte er nur das Gefühl, er müsse sich bedanken? Jedenfalls ließ Zottel sich auf die Knie nieder und senkte zweimal den Kopf. Bei den Groß-Willmsdorfern erntete er damit seinen ersten großen Lacherfolg. Petersen, Hubert, Karlchen und Bille klatschten Beifall, und Zottel erhob sich stolz und schritt auf den Stall zu, wo er Eßbares vermutete.

Petersen betrachtete kopfschüttelnd das Innere des Transporters – oder vielmehr das, was davon übrig war.

„Kann Pferden eigentlich auch schlecht werden?“ fragte Bille besorgt.

„Dem sicher nicht. Wie ich sehe, ist das ein Profi auf diesem Gebiet. Der verdaut auch rostige Nägel und Schuhsohlen.“

„Heute bekommt er jedenfalls nichts mehr“, sagte Herr Tiedjen bestimmt.

Zottel mußte das geahnt haben. Er war ohne Aufenthalt die lange Stallgasse hinuntergeschritten, bis zum anderen Ende, wo sich die Futterkisten befanden. Jetzt steckte er mit der Nase tief im Hafer und ließ es sich schmecken.

„Prost Mahlzeit!“ knurrte Petersen, als er mit Bille den Stall betrat. „Den darfst du keinen Augenblick allein lassen!“

Bille nahm Zottel sanft am Halfter und zog ihn mit sich fort. „Komm, mein Junge, für heute reicht's. Sonst kriegst du noch Bauchweh.“

Zottel schüttelte heftig den Kopf, aber es half ihm nichts – Bille führte ihn in die helle, geräumige Box in einem Seitenflügel des Stalles.

„Na, was sagst du, ist das nicht prächtig? Unser Fürstenzimmer, mein Lieber, darauf kannst du dir was einbilden! Hell, sauber, trocken, warm, gut gelüftet – morgens scheint dir die Sonne auf die Nase und oben in der Ecke läuft rund um die Uhr unser Fernsehprogramm: das Schwalbennest. Im Moment ein bißchen langweilig, sie brüten noch. Aber wenn die Kleinen erst mal ausgeschlüpft sind, dann kannst du hier was erleben!“

Zottel war sofort zur Krippe gegangen, mußte aber feststellen, daß nichts darin war. Zur Prüfung leckte er sie noch einmal gründlich aus. Dann begann er, sein neues Heim zu studieren.

„Es gefällt ihm“, sagte Bille glücklich. „Ob ich ihn jetzt gleich mal putze?“

Petersen klopfte Zottel den Hals. Dicke Staubwolken stiegen auf. Karlchen markierte einen Hustenanfall und floh.

„Na, ich würde sagen: heb dir das für morgen auf", sagte Petersen. „Heute wirst du doch nicht mehr damit fertig. Geh lieber jetzt nach Hause, sonst gibt's gleich am ersten Tag Ärger mit deiner Mutter. Und das wollen wir doch nicht, oder?"

„Also schön." Bille seufzte tief. Es fiel ihr schwer, sich jetzt schon von Zottel zu trennen. Sie legte ihm die Arme um den Hals und rückte ihr Gesicht gegen das struppige, verschmutzte Fell.

„Schlaf gut, mein Liebling", flüsterte sie, „morgen früh bin ich wieder bei dir. Und ich bring dir auch was Schönes mit. Wir werden ein wunderbares Leben miteinander haben."

Sie konnte nicht sehen, daß Hubert zu Petersen getreten war und die beiden sich grinsend anstießen.

„Dein Wort in Gottes Ohr, Mädchen", brummte Petersen. „Ich glaube viel eher, daß du noch dein blaues Wunder mit dem da erleben wirst."

„Was unsere Bille ist, die fährt ihn noch im Puppenwagen auf dem Hof spazieren", stichelte Karlchen.

„Hör nicht auf sie, Zottel, die sind nur eifersüchtig. Denen werden wir's schon zeigen!"

Herr Tiedjen kam in den Stall, und Karlchen ergriff den Besen und begann eifrig, die Stallgasse zu säubern.

„Bille? Gut, daß du noch da bist. Schau mal – hier habe ich einen Sattel und Zaumzeug für deinen Schützling gefunden. Nicht gerade neu, es stammt von einem Halb-Pony, das wir früher einmal hier hatten. Aber fürs erste wird es genügen. Und jetzt mach, daß du nach Hause kommst."

Als die Kirchturmuhr elf schlug und Billes Mutter ihre Nachttischlampe ausknipste, in dem beruhigenden Bewußtsein, ihre Tochter fest schlafend in ihrem Bett zu wissen, saß Bille auf dem

Fußboden ihres Zimmers inmitten von Tuben und Schachteln mit allen möglichen Cremes und Pasten zur Pflege von Leder und Metall, und putzte und polierte, bis Sattel und Zaumzeug aussahen, als kämen sie eben aus dem Laden.

Die erste Lektion

Das Putzen war eine harte Geduldsprobe für beide. Zum Schluß konnte Bille kaum noch Kardätsche und Striegel halten, so lahm waren ihre Arme.

Am schwierigsten war es, durch die struppige Mähne zu kommen.

Bille erinnerte sich gut an die Zeiten, als Mutsch ihr noch die Haare kämmte und es immer wieder Tränen gab, wenn sie versuchte, aus Billes naturgelocktem Haar die Knoten zu lösen. Aber das war ein Kinderspiel gewesen gegen das, was Bille bei Zottel erwartete.

Einen Augenblick war sie nahe daran, aufzugeben und die Mähne einfach ganz kurz abzuschneiden, dann aber tat es ihr doch wieder leid um die Pracht, der er seinen Namen verdankte.

Zottel ließ alles recht geduldig über sich ergehen. Bis Bille an den Schweif kam. Hinten war Zottel kitzlig, und jeder Versuch Billes, ihn bei der Schweifrübe zu packen und sich dem Schweif mit dem Kamm zu nähern machte er zunichte, indem er die Schweifrübe fest zwischen die Hinterbacken zog und diese darüber zusammenpreßte.

„Auch so ein Zirkusstückchen", sagte Karlchen grinsend, der schon eine Weile Billes vergebliche Bemühungen verfolgte. Er stand lässig an die Tür der Box gelehnt und kaute.

„Was hast'n du da?"

„Marmeladenstulle. Erdbeer."

Bille schaute nachdenklich auf Karlchens Brot. Auch Zottel hatte es entdeckt.

Hmhmhmhmhm, wieherte er dunkel und spitzte die Ohren.

„Komm doch mal ein bißchen näher", sagte Bille scheinheilig.

„Warum?" Karlchen guckte ahnungslos.

„Findest du, daß er eine Senkkruppe hat?"

„Nö", sagte Karlchen, trat an Zottel heran und legte prüfend den Kopf schief. Dabei streckte er die Hand, in der er das Brot hielt, ein wenig von sich ab.

Hmhmhmhmhm, machte Zottel, schlug freudig mit dem Schweif und wand mit einer schlangenhaften Bewegung seiner Zunge Karlchen die Stulle aus der Hand und warf sie ins Stroh, um zunächst einmal die Marmelade abzulecken.

„Die ist hin", bemerkte Bille ungerührt, ergriff den freudig hin und her schlagenden Schweif und begann, ihn durchzukämmen.

„Du dämlicher Gaul, du!" schimpfte Karlchen und verließ wütend die Box.

Nach zwei Stunden glänzte Zottel, als solle er noch am gleichen Abend bei einer Galavorstellung des Zirkus Krone auftreten. Herr Tiedjen bemerkte es anerkennend.

„Na, wie wär's morgen mit der ersten Reitstunde? Woll'n mal sehen, was ihr beiden könnt. Um fünf Uhr nachmittags hätte ich Zeit, einverstanden?"

Bille verschluckte sich vor Aufregung.

„Prasse! Äh – Klima!" sagte sie, weil sie zugleich „klasse" und „prima" gedacht hatte und die Worte ihr durcheinanderpurzelten.

Herr Tiedjen lachte.

„Ihr seid mir schon ein seltsames Paar! Na, ich bin wirklich gespannt auf morgen."

Bille half Karlchen noch, die Stuten von der Koppel zu holen, dann schnappte sie sich ihr Fahrrad und flitzte im Rennfahrertempo nach Hause.

„Morgen gibt mir Herr Tiedjen die erste Reitstunde!“ rief sie schon in der Tür.

Mutsch machte gerade die Tagesabrechnung und sah kaum auf.

„Soso“, murmelte sie nur. „Dein Abendbrot steht auf dem Tisch. Und dann marsch mit dir ins Bett. Und gründlich gewaschen, wenn ich bitten darf. Riechst wieder . . .“

„Diesmal sicher wie eine ganze Zirkusmanege. Dafür ist Zottel so sauber wie ein Konfirmand, du solltest ihn mal sehen!“

„Hab keine Zeit. Solange ich hier alles allein machen muß . . .“

„Ach, Mutsch, nun sei doch nicht so! Ich wasch dann auch ab und räum die Küche auf. Aber freu dich doch ein bißchen mit mir!“

Mutsch sah auf und blickte Bille nachdenklich an. Und plötzlich lächelte sie, – ein verschmitztes Lächeln, das sie ganz jung machte.

„Ich bin ja man mächtig gespannt, wie du dich anstellst“, sagte sie. „Wirst mir doch keine Schande machen?“

Den ganzen Tag hatte Bille an diese Worte denken müssen. Nein, sie wollte Mutsch keine Schande machen. Und sie wollte sich vor allem nicht vor Herrn Tiedjen blamieren. Aber würde ihr das gelingen?

Zunächst bemühte sie sich, Zottel vorschriftsmäßig zu satteln. Er war ein gutmütiger Kerl und machte ihr keinerlei Schwierigkeiten, außerdem hatte sie bei Petersen schon recht gut gelernt.

Lediglich als sie den Sattelgurt festziehen wollte, kam es ihr vor, als sei Zottel plötzlich noch breiter als hoch.

„Den uralten Trick kenne ich schon, mein Junge!“ sagte Bille lachend und schwang sich in den Sattel, der prompt auf die Seite rutschte, weil Zottel die Luft aus dem Bauch ließ wie ein angestochener Luftballon. Aber damit hatte Bille gerechnet.

Sie hängte ihr ganzes Gewicht in den rechten Steigbügel und ließ den Sattel wieder in die richtige Lage rutschen. Dann zog sie von oben den Sattelgurt fest.

Herr Tiedjen trat zu ihr und betrachtete prüfend ihr Werk.

„Donnerwetter, der ist ja nicht wiederzuerkennen!" sagte er, als er den auf Hochglanz polierten Sattel sah. Er klopfte Zottel den Hals. „Und du bist auch nicht wiederzuerkennen. Gut hat sie das gemacht, unsere Bille, nicht wahr? Als Pferdepfleger hat sie sich schon die erste ‚Eins' verdient. – Na, dann komm. Wir gehen rüber auf den Longierplatz. Da wollen wir dann erst mal in Ruhe über die richtige Haltung sprechen."

Bille nahm die Zügel auf, und Herr Tiedjen führte Zottel sicherheitshalber das Stück bis zum Eingang. Dort mußte er ihn loslassen, um das Gatter zu schließen.

Kaum hatte Zottel die kreisrunde Bahn betreten, als er auch schon in einen schläfrigen Schaukelgalopp fiel.

„Das habe ich befürchtet", stöhnte Herr Tiedjen. „Wir werden es schwer haben, ihm den Zirkus abzugewöhnen."

Bille hatte nur einen Gedanken: oben bleiben! Und nachdem sie den ersten Schreck überwunden hatte, gelang ihr das auch recht gut, sie paßte sich schnell Zottels Rhythmus an und empfand ihn bald als angenehm. Aber wie sie Zottel zum Stehen bringen sollte, davon hatte sie keine Ahnung. Auf den Zügel reagierte er jedenfalls überhaupt nicht. Wahrscheinlich mache ich sowieso alles falsch dachte Bille verzweifelt.

Herr Tiedjen betrachtete sich die Szene amüsiert. Mit einem Blick hatte er erfaßt, daß Bille sehr sicher im Sattel saß, wenn ihre Haltung auch alles andere als schön war.

„Im allgemeinen beginnt man den Unterricht im Schritt-Tempo!" rief er schließlich. „Meinst du nicht, ihr hättet fürs erste genug galoppiert?"

„Ich kann ihn nicht halten!" schrie Bille atemlos.

Karlchen, der auf einem Stapel Bretter in der Nähe saß und

zuschaute, formte seine Hände zur Trompete und machte übermütig: „Tätätätäää!"

Auf dieses Signal schien Zottel nur gewartet zu haben. Er machte eine Wendung, bei der Bille nun tatsächlich beinahe aus dem Sattel gesegelt wäre, trabte auf den in der Mitte stehenden Herrn Tiedjen zu und verbeugte sich artig. Herrn Tiedjens Verblüffung war so groß, daß er wie ein Schlafwandler in die Tasche griff und Zottel mit einem Stück Zucker belohnte. Dann kratzte er sich nachdenklich am Hinterkopf.

„Karlchen!" brüllte Herr Tiedjen plötzlich. „Flitz ab in den Stall und sag Hubert, er soll Troja für mich satteln!"

„Die is' draußen, Herr Tiedjen."

„Also gut, wen haben wir von den Ruhigeren drinnen? Irgendeinen. Ich muß diesem Clown erst mal beibringen, was ein Reitpferd ist. Los, beeil dich!"

Der Aufforderung hätte es nicht bedurft. Karlchen stob in einer Staubwolke davon, um den Auftrag so schnell auszuführen, wie er nur konnte. Er wollte sowenig wie möglich von diesem einmaligen Schauspiel versäumen. Herr Tiedjen hielt inzwischen Zottel am Zügel und korrigierte Billes Haltung.

Sie hatte sich eingebildet, alles so gut zu machen! Wie war es nur möglich, daß ihr die eigenen Glieder so gar nicht gehorchen wollten!

Immer wieder rutschten die Hacken nach oben oder die Fußspitzen nach außen, und wenn die Beine an allen Punkten stimmten, dann machte sie sicher inzwischen schon wieder einen Katzenbuckel oder die Ellbogen staken wie die Henkel von Großmamas Zuckerdose in die Luft.

Karlchen kam vom Stall herüber und zog Lohengrin hinter sich her, einen Fuchswallach, der seinem Namen kaum Ehre machte, es sei denn, daß er an einen alternden Opernsänger erinnerte. Heldisches war jedenfalls nicht an ihm zu entdecken. Das täuschte allerdings: wer ihn kannte, wußte, daß er ganz

„Wir reiten erst mal Schritt!" sagte Herr Tiedjen bestimmt

einfach faul war. Er hatte eine enorme Sprungkraft, tat aber freiwillig nie mehr, als unbedingt nötig war. So wischte er meistens ganz knapp über die Hindernisse, und spürte er, daß er sich verschätzt und einen Sprung zu niedrig berechnet hatte, dann zog er die Hinterhand im Sprung noch ein klein wenig ein, so als hätte ihn jemand von unten gekitzelt. Das sah so komisch aus, daß er auf Turnieren manchen Lacherfolg erntete.

Zottel betrachtete interessiert den großen Kollegen. Herr Tiedjen saß auf und stellte sich Bille an die Seite.

„So, und von jetzt ab wird erst mal nur Schritt geritten."

Bille nahm die Zügel auf und bemühte sich, alles so vollendet wie möglich zu machen. Lohengrin war bereits ein paar Schritte vorwärts gegangen, Bille und Zottel standen da, wie ein Reiterstandbild.

„Na, was ist?" fragte Herr Tiedjen amüsiert. „Wollt ihr nicht oder könnt ihr nicht? Leichter Schenkeldruck und die Zügel ein wenig freigeben."

Zottel mußte das gehört haben, kaum lockerte Bille den Griff ein bißchen, riß er den Kopf nach oben, so daß ihr die Zügel wie gebutterte Spaghetti durch die Finger flutschten. Während Bille verwirrt die Zügel wieder aufnahm, stapfte Zottel mit weitausgreifenden Schritten an Lohengrin vorbei, offensichtlich voller Erwartungsfreude auf unbekannte Abenteuer.

In diesem Punkt allerdings wurde er enttäuscht. Er bekam zwar endlich einmal etwas anderes zu sehen als Zirkusarena und Jahrmarktrummel, er durfte durch die weiten Alleen und schattigen Wege des Willmsdorfer Parks marschieren, aber jeder Versuch, diesen Spaziergang auf seine Weise zu genießen, wurde ihm energisch verwehrt.

Ein paarmal gelang es ihm zwar, den Kopf freizubekommen und ein paar von den würzigen Gräsern am Wege auszurupfen, Augenblicke in denen Bille sich erschrocken vor einem gähnenden Abgrund statt hinter einem stattlichen Pferdehals sah. Aber meistens hieß es: anreiten – halten – Haltung korrigieren – wieder anreiten – langer Zügel – kurzer Zügel – versammeln – Kopf freilassen – langer Schritt – halten – wieder anreiten.

Zottel schien zu denken: wann wissen die denn nun endlich, was sie wollen! Ihn langweilte dieses Spiel, und er für seinen Teil wollte nicht mitspielen. Er war unkonzentriert und unaufmerksam.

„Du mußt mit ihm sprechen – nicht mit Worten, sondern mit den Schenkeln und mit dem Zügel. Nicht grob – stell dir vor, es bestünde zwischen euch eine Verbindung wie ein feiner elektrischer Strom, der von dir zu ihm fließt und von ihm zu dir, und durch den du ihm alles mitteilst, was er tun soll."

„Als ob ich mit ihm telefoniere?"

Herr Tiedjen lachte.

„Wenn du es so nennen willst? Aber sagen wir lieber: Gedankenübertragung. Du selbst mußt ganz auf das konzentriert sein, was ihr beiden tun wollt. Mit der Zeit wird er diese Sprache verstehen – deine eigene Konzentration wird sich auf ihn übertragen."

Dieser Rat schien zu helfen. Bille konzentrierte sich ganz darauf, mit Zottel auf diese Weise zu sprechen, und dachte nicht mehr ängstlich und verkrampft daran, was sie wohl alles falsch mache. Und Zottel wurde zusehends aufmerksamer und weicher im Maul, seine Schritte wurden weit und frei.

„Genug für heute!" sagte Herr Tiedjen schließlich und wendete zum Hof hinüber. „Ich glaube, ihr beiden habt heute eine ganze Menge gelernt."

„Nicht zu fassen", sagte Bille strahlend, „wir sind doch nun eine Stunde lang nur ganz friedlich im Schritt durch den Park geritten, und trotzdem bin ich naßgeschwitzt und k.o., als hätte ich die ganze Zeit dicke Bäume durchgesägt oder ein ganzes Feld umgegraben!"

„Das ist gut, ein Zeichen, daß du richtig gearbeitet hast. Ich bin sehr zufrieden mit euch."

Sie waren vor dem Stall angelangt und saßen ab. Karlchen übernahm Lohengrin, und Bille belohnte Zottel erst einmal mit einer ganzen Hand voller Zuckerstücke.

„Verwöhn ihn nicht zu sehr", mahnte Herr Tiedjen, der seinerseits Lohengrin ein paar Zuckerstücke reichte und ihm den Hals klopfte. „Der Bursche wird uns sonst zu fett! Also – bis zum nächstenmal. Übermorgen?"

„Oh, toll, ja! Danke schön!"

Bille hatte nicht zu hoffen gewagt, daß Herr Tiedjen ernstlich ihren Reitunterricht übernehmen würde. Wie auf Wolken schritt sie mit Zottel in den Stall hinein, um ihn in der Box abzusatteln und trocken zu reiben.

„Hubert! Mach die Haferkiste zu, der Fresser kommt!" schrie Petersen, der gerade die abendliche Ration verteilte.

„Hackt doch nicht immer auf ihm rum!" sagte Bille empört. „Er hat soviel durchgemacht!" Sie streichelte Zottel zärtlich und warf den Männern einen vernichtenden Blick zu.

„Mit dir eben?" Hubert lachte.

„Sag man nix, Jung." Petersen trat zu ihnen. „Der Chef hat unserem Küken eben die zweite Unterrichtsstunde angeboten. Darauf kann sie sich schon 'n bißchen was einbilden, muß mächtig begabt sein, unsere Lütte, sonst würde er sich gar nicht die Zeit nehmen."

„Erzähl mal, wie war's denn? Biste runtergeflogen?" fragte Karlchen.

„Im Schritt? Wohl kaum . . ."

„Ihr seid nur Schritt geritten? Was für 'n Kinderkram", sagte Karlchen enttäuscht.

„Du hast eben keine Ahnung!" brauste Bille auf. „Zottel muß schließlich erst mal begreifen, was man von einem Reitpferd erwartet!"

„Na was schon!" gab Karlchen verächtlich zurück. „Parieren muß er. Darfst dir nix gefallen lassen, das ist alles."

„Blödmann. Jetzt weiß ich auch, warum du die Pferde immer am Halfter auf die Koppel führst. Großer Reiter – schon mal oben gesessen?"

„Ich? Ich bin doch nicht lebensmüde!"

„Ja, streitet nur so weiter, die Haferkiste ist gleich leer!" rief Petersen.

„Zottel!" Bille bekam einen roten Kopf und zerrte ihren Liebling eilig in die Box. „Du alter Spinner, mußt du denn auch gleich jede Gelegenheit ausnützen!"

„Das macht ihn mir ja nun wieder sympathisch", sagte Hubert grinsend. „Dumm is er nich."

War alles umsonst?

„Hallo, Bille!"

„Helga, was machst du denn hier?"

Helga wurde rot. „Karlchen hat mir angeboten, mich durch den Pferdestall zu führen und mir einmal eure Lieblinge zu zeigen", sagte sie.

So ein Biest! dachte Bille. Dabei sind ihm die Pferde völlig schnuppe! Es muß wohl andere Gründe haben . . . Sie sprang aus dem Sattel, zog die Steigbügel hoch und führte Zottel am Zügel in den Stall.

„Komm mit", sagte sie, „Karlchen ist sicher drinnen."

Da kam er auch schon aus Petersens Kammer, er hatte sich gewaschen und die widerspenstigen roten Locken gekämmt. Helga und Karlchen begrüßten sich verlegen. Eine kleine Pause entstand.

„Hattest du gerade Reitunterricht?" fragte Helga schließlich.

„Meine fünfte Stunde", antwortete Bille. „Heute haben wir uns mit den verschiedenen Trabarten beschäftigt. Ich bin völlig

k. o., bei Herrn Tiedjen zu lernen ist Schwerarbeit, weißt du. Ich fühle mich schlapp wie ein nasses Handtuch."

„Mußt du dich nicht um Zottel kümmern?" sagte Karlchen anzüglich. „Komm, Helga, ich zeig dir erst mal unsere Fohlen."

Bille wollte etwas erwidern. Aber dann sah sie Karlchens bittenden Blick und lachte nur.

„Hast recht – ich muß mich beeilen, meine Mutter wartet auf mich. Also – macht's gut!"

Zu Hause angekommen stürzte sie erst einmal ein großes Glas Milch hinunter. Mutsch sah es kopfschüttelnd.

„Trink nicht so hastig! Herrgott, daß man aber auch alles ständig wiederholen muß!"

„Ich hab so 'n Durst . . ."

„Der wird auch gelöscht, wenn du langsam trinkst."

Mutsch ging hinüber, um den Laden zu schließen, und Bille begann, sich die Stiefel von den heißen geschwollenen Füßen zu ziehen. Drüben wurde gesprochen. Wenn das noch Kunden sind, sind sie ziemlich spät dran, dachte Bille, es ist doch schon Viertel vor Sieben!

Plötzlich horchte sie auf. Das waren doch die Stimmen von Herrn Lohmeier, dem Verwalter von Groß-Willmsdorf, und von seiner Frau! Bille konnte nicht verstehen, was sie sagten. Sie ging näher zur Tür. Immerhin hätte es ja sein können, daß es um sie und um Zottel ging. Bille überlegte blitzschnell, ob sie irgendeinen Fehler begangen hatte, eine Nachlässigkeit im Stall vielleicht . . .

„Das wird leider nicht gehen", hörte die Mutsch sagen, „im Oktober sind wir schon fort. Ich gebe das Geschäft auf."

„Sie gehen fort?" fragte Herr Lohmeier ungläubig.

„Ja, wir ziehen zu meiner Tochter in die Stadt", bestätigte Mutsch. „Sie hat mir gerade heute geschrieben und mir den

Vorschlag gemacht. Sie meint, ich könnte da eine sehr gute Stellung annehmen und eine kleine Wohnung hat sie auch für uns. Hier in Wedenbruck wird es auf die Dauer einfach zu schwierig für mich. Ich kann mich nicht ewig von früh bis spät abrackern ... Und Sie wissen ja – der neue Supermarkt ..."

„Ja ja ...", sagte Herr Lohmeier nachdenklich.

„Aber ist denn das schon sicher? Und so schnell?" fragte Frau Lohmeier.

„Na ja – so gut wie sicher."

Bille erstarrte. Das war doch unmöglich! Mutsch wollte wirklich mit ihr in die Stadt ziehen? Und sie hatte ihr nichts davon gesagt! Das durfte einfach nicht wahr sein! Vielleicht hatte Mutsch ja nur – aber nein, wenn sie es schon zu solchen Leuten wie den Lohmeiers sagte, dann wußte es morgen das ganze Dorf und Mutsch konnte gar nicht mehr zurück, auch wenn sie gewollt hätte.

Bille zwängte ihre Füße wieder in die Stiefel und schlich aus dem Haus. Sie mochte Mutsch jetzt nicht begegnen, sie mußte unbedingt allein sein. Was sie da eben gehört hatte, war so ungeheuerlich, daß sie es noch gar nicht richtig begriff.

Es gelang ihr, ungesehen durch den Garten und auf die Koppel zu kommen. Wenn sie dicht am Knick entlangging, konnte Mutsch sie vom Haus aus nicht sehen. Von dort aus gelangte sie auf einen kleinen Pfad, auf dem man hintenherum durch den Park nach Groß-Willmsdorf kam.

Im Stall war es ruhig. Petersen und Hubert hatten bereits Feierabend gemacht, nur leises Schnauben und Hufescharren drang in die Abendstille. Bille ging auf Zehenspitzen zu Zottels Box, öffnete leise die Tür und schlüpfte hinein. Dann schob sie den Riegel wieder vor und ließ sich neben Zottel ins Stroh fallen. Zottel wieherte verhalten und begrüßte sie zärtlich, indem er ihr in die Haare und ins Gesicht blies. Dann untersuchte er sie nach versteckten Zuckerstücken.

„Ich hab dir nicht mal was mitgebracht, mein Liebling, nicht einmal daran habe ich mehr denken können! Ach, es ist alles so – so . . .“ Die Tränenflut war nicht mehr zu bremsen.

Seit sie den Stall betreten hatte, war Bille die Tragweite dessen, was Mutsch da vorhin gesagt hatte, erst voll bewußt geworden. Dies alles sollte sie verlassen? Ihren geliebten Freund Zottel, die Reitstunden bei Herrn Tiedjen, Groß-Willmsdorf? Den weiten Park, den Hof, die Ställe, Koppeln und Felder nie wieder sehen? Verzichten auf den Duft der Wiesen, wenn sie früh morgens zum Stall radelte, auf die Abende, wenn sie die Stuten mit ihren Fohlen hereinholten und das Fell der Tiere in der Abendsonne wie Gold leuchtete und glänzte, daß man glaubte, die Augen schließen zu müssen? Den Wind in den Bäumen, die weißgetünchten Mauern des Pferdestalls in der Mittagsglut, das Zwitschern der Schwalben, die durch das Stallfenster aus und ein flogen, all diese Geräusche, Düfte und Farben eintauschen gegen das Grau einer Großstadtstraße, Benzingeruch und Autolärm?

„Nein, ich geh nicht hier weg!“ schluchzte Bille. „Sie müssen mich schon mit Gewalt wegtragen! Und wenn sie das tun, werde ich immer wieder zurückkommen, immer wieder, bis sie es aufgeben!“

Aber sie wußte genau, daß das alles nichts nützen würde, wenn Mutsch sich einmal ernsthaft entschlossen hatte, in die Stadt zu ziehen.

In Hungerstreik werde ich treten! schwor sich Bille, und das war wirklich das Schlimmste, was sie sich vorstellen konnte. Und bei dem Gedanken, wie sie immer magerer werden würde, bis man sie als blassen Schatten auf eine Krankenbahre legen und nach Groß-Willmsdorf zurückbringen würde, weinte sie um so heftiger.

Zottel stand vor ihr und scharrte mit dem Huf. Seiner Ansicht nach mußte jetzt irgendwas geschehen. Daß Bille da im

„Ach Zottel, was mach ich nur?" schluchzte Bille verzweifelt

Stroh lag und merkwürdige Geräusche von sich gab, konnte er nicht begreifen.

Bille sprang auf.

„Ach, Zottel!" schluchzte sie und vergrub ihr Gesicht in seiner Mähne. Zottel knabberte zart an ihren Jeans und machte sich emsig daran, alle erreichbaren Knöpfe abzubeißen.

Über zwei Stunden hockte Bille nun schon bei Zottel in der Box. Die Schluchzer wurden seltener und allmählich wurde sie ruhig und ein bißchen schläfrig. Aber immer noch war ihr nicht eingefallen, was sie tun könnte, um das Unglück zu verhindern.

Draußen war es dunkel geworden, einzelne Sterne waren zu sehen, und zwischen den Zweigen der großen Blutbuche hing eine schmale Mondsichel.

Das Geräusch von Schritten im Kies schreckte Bille auf. Vorsichtig wurde die Stalltür geöffnet.

„Bille?"

Bille hielt den Atem an. Sie spürte, wie Mutsch angestrengt ins Dunkel horchte, unsicher, ob sie weitergehen sollte.

„Bille!?"

Mutsch blieb noch eine Weile im Dunkeln stehen, dann hörte Bille, wie sie die Tür wieder schloß, und sich ihre Schritte draußen entfernten. Wohin würde sie jetzt gehen?

Natürlich – zu Onkel Paul! Warum war ihr Onkel Paul nicht eher eingefallen, er war der einzige, der vielleicht helfen konnte. Sie mußte unbedingt vor Mutsch bei ihm sein!

Bille hatte Glück: Sie hatte den alten Petersen vorhin sagen hören, daß er zum Skat in den Krug ging, also würde auch Onkel Paul dort sein. Mutsch suchte sicher zunächst Onkel Pauls Wohnung auf, also hatte Bille einen Vorsprung.

Wie ein Indianer auf dem Kriegspfad schlich sie im Schutz der Parkbäume an Mutsch vorbei, die sie als Schatten gegen den hellen Nachthimmel auf der Chaussee sah.

Sie hatte recht gehabt: Mutsch wandte sich zum anderen Ende des Dorfes in die Richtung, in der Onkel Pauls Haus lag. Bille rannte so schnell sie konnte zum Krug hinüber.

„Nanu, Deern, was machst du denn noch so spät hier?"

Die dicke Frau Jansen, die hinter der Theke stand und Gläser spülte – ihre Tochter Elli ging mit Bille in eine Klasse –, sah verwundert von ihrer Arbeit auf.

„Hast du deine Hausaufgaben vergessen? Elli ist oben."

„'n Abend Frau Jansen, nein danke, ich muß nur unbedingt Onkel Paul sprechen!" stieß Bille außer Atem hervor.

Frau Jansen sah ihr prüfend in das verheulte Gesicht.

„Ist doch hoffentlich nix Ernstes? Na dann geh man – da drüben, am Stammtisch."

Die Männer waren schon auf sie aufmerksam geworden, Bille mußte wirklich einen recht aufgelösten Eindruck machen. Onkel Paul legte sofort seine Karten beiseite und stand auf.

„Bille – ja Kind, wie siehst du denn aus?" Er legte besorgt seinen Arm um ihre Schulter und zog sie an sich. Mit der anderen Hand zupfte er ihr ein paar Strohhalme aus Haaren und Pulli.

Onkel Paul war für Bille eine Mischung aus Rübezahl und heiligem Nikolaus, zum Fürchten groß und mit einem tiefen, dröhnenden Baß, dabei aber gütig und zartfühlend, daß es einem ganz weich und wehmütig werden konnte. Bille fing bei soviel väterlicher Wärme sofort wieder an zu heulen.

„Ach, Onkel Paul", schluchzte sie, „es ist etwas Schreckliches passiert!"

„Na, na, na – nun komm, erzähl mal in Ruhe."

„Können wir nicht woanders hingehen? Wo ich dich allein sprechen kann?"

Onkel Paul zwinkerte seinen Skatbrüdern zu und bot Bille den Arm wie ein Kavalier seiner Dame. Bille mußte unter Tränen lächeln. Bei Onkel Paul konnte man sich wirklich geborgen fühlen.

Onkel Paul führte sie durchs Lokal in den Biergarten hinaus. Dort setzten sie sich an einen der Tische unter den großen Kastanien, sie saßen im Dunkeln, wie in einer schützenden Höhle. Das Licht aus den Fenstern malte kleine, helle Rechtecke in den Kies, erreichte sie aber nicht. Onkel Paul nahm Billes Hand.

„Na, nun schieß mal los, wo drückt der Schuh? Hast du was angestellt?"

„Mutsch will mit mir in die Stadt ziehen!" platzte Bille heraus.

Onkel Paul blieb vor Schreck der Mund offenstehen.

„Das ist ja das Allerneueste! Warum denn das?“

„Weil das Geschäft immer schlechter geht – na ja, und dein neuer Spar-Markt – du weißt ja, wie sie darüber denkt. Ich hab's gehört, wie sie es Herrn und Frau Lohmeier erzählt hat. Eine Wohnung hat sie auch schon!“ Billes Stimme zitterte schon wieder bedenklich.

Onkel Paul faßte sich an die Stirn.

„Ich glaub mich tritt 'n Pferd. Das is doch nich möglich ...“ Bille hatte ihn noch nie so verwirrt gesehen.

„Du mußt unbedingt etwas dagegen unternehmen, Onkel Paul!“ drängte sie.

„Jaja – sicher“, murmelte er gedankenverloren. Und nach einer Weile: „Da steckt doch bestimmt deine Schwester, die Inge, dahinter. Die hat schon immer gedrängelt, ihr solltet zu ihr ziehen.“

„Kann schon stimmen“, sagte Bille düster. Sie liebte Inge sehr, aber das würde sie ihr nie verzeihen!

„Ich fahr morgen in die Stadt. Ich muß mit Inge reden. Das fehlte gerade noch, wo ich doch ...“, Onkel Paul schwieg.

„Wo du was?“

„Na ja, ich hab da so meine Pläne. Aber das braucht noch 'n bißchen Zeit, weißt du.“

„Ich versteh kein Wort, was für Pläne denn?“

Bille brannte vor Neugier, vielleicht winkte da schon die Rettung und sie brauchte sich gar keine Sorgen zu machen?

Onkel Paul sah sie nachdenklich von der Seite an.

„Kannst du schweigen, Deern?“

„Aber klar, wie 'n Grab!“

„Wollen wir beide ein Komplott schmieden?“

„Ein Komplott?“

„Ja – um deine Mutter rumzukriegen.“

Bille nickte eifrig.

„Jetzt muß ich dich aber erst mal was fragen, mein Deern. Was ganz Ernstes."

Onkel Paul wurde feierlich und ein bißchen unsicher.

„Ja, was denn, Onkel Paul?"

„Wenn ich Olga – ich meine, wenn ich deine Mutter nun heiraten würde, würdest du mich denn als Stiefvater mögen?" Onkel Paul räusperte sich verlegen.

Statt einer Antwort fiel Bille ihm um den Hals und preßte ihr verheultes, verschwitztes Gesicht an seine stopplige Backe. Er roch ein bißchen nach Pfeifentabak und Bier und Gasthaus-Essen.

„Ich wäre ganz wahnsinnig – riesig – irrsinnig froh!" flüsterte Bille ihm ins Ohr.

„Riesig genügt schon." Onkel Paul räusperte sich wieder, seine Stimme klang auf einmal heiser.

„Also gut. Jetzt verrate ich dir mein Geheimnis. Ich möchte deiner Mutter die Leitung des Spar-Markts übertragen. Hab ihr zwar gesagt, ich wüßte jemand sehr Tüchtigen für den Posten, aber so richtig zu fragen, hab ich mich noch nicht getraut. Auch das andere nicht – ob sie meine Frau werden möchte . . ."

„Das schaffen wir schon, Onkel Paul, wenn wir beide zusammenarbeiten!" sagte Bille zuversichtlich.

„Pschschscht!" machte Onkel Paul gerade noch rechtzeitig.

Mutsch kam eilig auf den Krug zugelaufen.

„Was machen wir denn jetzt?" fragte Bille ängstlich.

„Das kriegen wir schon, laß mich das man machen. Du siehst zu, daß du fix ins Bett kommst, und ich rede inzwischen mit ihr."

„Danke, Onkel Paul!" Bille drückte ihm noch schnell einen Kuß auf die Stirn, diesmal vermied sie die kratzige Wange, und schlich im Schatten der Kastanien davon. Sie sah noch, wie Onkel Paul auf das Haus zuging und in der Tür mit Mutsch zusammenprallte.

Bille hörte ihre Mutter heftig auf Onkel Paul einreden, dann sagte Onkel Paul so laut, daß sie es hören mußte: „Komm, Olga, jetzt trinken wir erst mal in aller Ruhe einen auf die Aufregung, ich hab dir was zu sagen."

Er schob Mutsch energisch vor sich her in den Schankraum, und die Tür schloß sich hinter den beiden.

Bille hätte zu gern gehört, was sie da drinnen sprachen, aber jetzt gab es nur eines: im Bett sein und fest schlafen, wenn Mutsch nach Hause kam.

Ehe sie das Licht ausmachte, sprang Bille noch einmal aus dem Bett, riß eine Seite aus ihrem Schreibheft und schrieb:

> „Liebe Mutsch, verzeih mir, daß ich dir Sorgen bereitet habe. Es tut mir so leid! Aber ich war so unglücklich – Schlaf gut. Gute Nacht! Kuß – Deine Bille"

Sie legte den Zettel auf Mutschs Kopfkissen und betete inständig, der Kelch des mütterlichen Donnerwetters am nächsten Morgen möge an ihr vorübergehen.

Zottels Streich

Mutsch hatte kein Wort gesagt. Und Bille hatte den bösen Abend schnell vergessen, denn inzwischen hatte es Zeugnisse gegeben, und die Ferien hatten begonnen, eine herrliche, aufregende Zeit. Bille kam nur noch zu den Mahlzeiten nach Hause, den größten Teil des Tages verbrachte sie mit Karlchen auf Groß-Willmsdorf bei den Pferden.

Herr Tiedjen hatte jetzt selten Zeit, ihr Unterricht zu geben, er reiste von Turnier zu Turnier, und wenn er wirklich einmal da war, dann widmete er sich dem Training der Pferde, mit denen er in dieser Saison an den Start ging. Aber auch vom Zuschauen lernte sie viel.

Während Karlchen auf dem Bretterstapel, der ihnen als Zuschauerbank diente, langausgestreckt in der Sonne döste, verfolgte Bille atemlos jede Bewegung von Pferd und Reiter. Wie vieles hatte sie früher einfach übersehen, wenn sie ihm heimlich zuschaute. Auf jedes seiner Pferde stellte Herr Tiedjen sich anders ein, behandelte das eine mit besonders viel Geduld, das andere mit mehr Strenge.

„Sie ist heute phantastisch in Form!" schwärmte Bille.

„Wer?" fragte Karlchen schläfrig.

„Feodora."

„Wieso?"

„Schau hin, dann siehst du's selbst!" sagte Bille leicht verärgert.

„Wozu. Solange Pferde noch keinen Motor und keine Räder haben, sind sie für mich uninteressant."

„Ich wundere mich wirklich, warum du nicht lieber an 'ner Tankstelle arbeitest!"

„Wollt ich ja, aber sie haben mich nicht genommen. Und da hat Hubert gesagt . . ."

„Hubert, Hubert! Der hätte dir lieber erst mal ein bißchen Nachhilfeunterricht in Pferdeliebe geben sollen! Aber für dich zählt höchstens Geschwindigkeit. Wenn ich dir sagen würde, daß Feodora heute mit hundertzwanzig Sachen über den Parcours gegangen ist, würdest du wahrscheinlich hellwach werden."

Karlchen richtete sich auf und sah Bille verblüfft an.

„Im Ernst, ist sie das?"

„Idiot."

Bille wandte sich wieder Herrn Tiedjen zu und Feodora, ihrem Liebling unter seinen Turnierpferden. Sie war eine zierliche Apfelschimmelstute mit einer fast schwarzen Mähne und feurigen, wachen Augen. Man traute ihr die Kraft, mit der sie sprang, kaum zu. Wie eine Stahlfeder schnellte sie vom Boden ab, weich, als hätte sie Flügel, setzte sie wieder auf. Sie ist ein Fabeltier aus dem Märchen, mit unsichtbaren Schwingen, dachte Bille verträumt.

Feodora hatte ihre Morgenarbeit beendet. Herr Tiedjen sprang ab und belohnte sie mit ein paar Zuckerstücken, dabei unterhielt er sich mit ihr wie mit einer Freundin.

Jetzt führte Hubert Nathan heran, den siebenjährigen braunen Wallach. Mit seinem kräftigen Knochenbau war er das Gegenteil der zarten Feodora, ein gutmütiger Riese.

„Bille!“

Bille wäre beinahe von ihrem Sitz gefallen, als Herr Tiedjen sie aus ihren Träumen riß.

„Übernimm du bitte Feodora, Hubert soll hierbleiben und später die Zeit stoppen.“

Bille wurde rot vor Stolz. Daß sie und nicht Karlchen Feodora führen durfte, empfand sie als besonderen Vertrauensbeweis. Bille nahm die Stute am Zügel und ließ sie dabei nicht aus den Augen aus Angst, es könne dieser Kostbarkeit auf der kurzen Strecke etwas zustoßen. Beim Absatteln achtete sie darauf, nur ja keinen falschen Handgriff zu tun und rieb Feodora so sorgfältig ab, als hätte sie eine Kranke zu versorgen. Als der alte Petersen zu ihr trat, wurde ihr etwas wohler, nun trug sie die Verantwortung nicht mehr allein.

„Na, unser jüngster Pferdepfleger macht sich! Kannst gleich weitermachen, Sinfonie kommt heute morgen noch dran.“

Bille schaute ihn ein wenig unsicher an.

„Na komm, nur Mut – willst doch was lernen! Ich paß schon auf, daß nix schiefgeht.“

Sinfonie, eine Fuchsstute mit einer breiten weißen Blesse und weißgestiefelt, sah aus wie ein Engel, aber war das Unberechenbarste, was je im Groß-Willmsdorfer Stall gestanden hatte. Bille war nervös, als sie jetzt mit dem Zaumzeug in ihre Box trat. Petersen stand hinter ihr.

Sinfonie spielte unruhig mit den Ohren und drehte sich weg. Wie Bille auch versuchte, an sie heranzukommen, die Stute drehte ihr immer wieder die Kehrseite zu und hob wie zur Warnung das rechte Hinterbein.

„Laß dich nicht einschüchtern, Deern, sie spielt nur mit dir."

Bille machte sich etwas größer und atmete tief durch.

„Na, na, na . . .", sagte sie dann mit tiefer Stimme und so laut sie konnte. Dabei trat sie mit einem energischen Schritt nah an Sinfonie heran und streifte ihr rasch das Zügelende über den Kopf. In die linke Hand, mit der sie das Gebiß an Sinfonies Maul heranführte, hatte sie ein Zuckerstück gemogelt. Sinfonie fiel auf den Trick herein und das Gebiß rutschte zugleich mit dem Zuckerstück ins Maul.

„Siehst du, du mußt nur energisch sein", sagte Petersen, der nichts von dem Manöver gemerkt hatte.

Bille machte den Kehlriemen zu und holte den Sattel. Sinfonie wurde mit einem weiteren Zuckerstück abgelenkt und beschränkte sich auf einen kleinen Trippeltanz, während Bille den Sattel auflegte und den Sattelgurt festzog.

„So, meine Schöne, das wäre geschafft." Bille wischte sich den Schweiß von der Stirn.

„Hm, hast eine Menge dazugelernt in den letzten Wochen."

Der alte Petersen gab ihr einen anerkennenden Klaps auf den Hintern.

Bille mochte solche Beweise der Zuneigung nicht besonders, aber im Augenblick war sie so stolz darauf, mit der schwierigen Pferdedame fertiggeworden zu sein, daß sie gnädig darüber hinwegsah. Sie führte die Stute am Zügel hinaus und zum Springplatz hinüber.

Kaum war sie aus dem Stall heraus, besann sich Sinfonie auf ihren schlechten Ruf und begann mit dem Kopf zu schlagen und kleine Bocksprünge zu machen. Bille hatte alle Mühe, sie zu halten.

„Olala, meine Süße, ganz ruhig, du hast gleich genug Gelegenheit zum Austoben. Ruhig – ganz ruhig!“ Bille pfiff durch die Zähne, wie sie es bei Petersen immer wieder beobachtet hatte.

Sie war heilfroh, als sie den Platz erreichten, ohne daß sich Sinfonie losgerissen hatte. Erleichtert drückte sie Hubert die Zügel in die Hand und sagte hastig: „Tschüs, ich muß jetzt nach Hause. Hab Mutsch fest versprochen, ihr heute das Kochen abzunehmen.“

Auf dem Heimweg mußte sie plötzlich daran denken, wie viel sich in den vergangenen Wochen in ihrem Leben geändert hatte. Ihre kühnsten Träume waren Wirklichkeit geworden. Und wenn es ihr gelang, Herrn Tiedjen von ihren reiterischen Fähigkeiten zu überzeugen, würde sie bald eines der großen Pferde reiten dürfen. Sie mußte unbedingt soviel wie möglich mit Zottel trainieren, auch in Herrn Tiedjens Abwesenheit. Gleich heute nachmittag wollte sie es auf eigene Faust versuchen. Der alte Petersen hatte frei, Herr Tiedjen fuhr in die Stadt und Hubert war draußen auf den Koppeln beschäftigt. Das war eine großartige Gelegenheit, sich mit Zottel selbständig zu machen.

Gleich nach dem Mittagessen wollte Bille nach Groß-Willmsdorf zurückfahren, aber Mutsch hielt sie auf.

„Mußt du denn immer nur bei den Pferden herumlungern“, sagte sie verärgert, „die Ferien sind doch lang genug. Könntest mir ruhig auch mal ein bißchen Zeit schenken. Im Garten fällt das Obst bald von den Sträuchern und ich komm nicht dazu. Der Laden und der Haushalt wachsen mir über den Kopf, aber du siehst und hörst nichts. Ich hab im stillen gehofft, du würdest es aus eigenem Antrieb tun, aber da das nicht der Fall ist, muß ich es dir ja wohl sagen: geh bitte jetzt als erstes in den Garten und nimm die Johannisbeeren ab."

„Aber, Mutsch, kann ich nicht morgen – gerade heute wollte ich . . .", stotterte Bille, brach dann aber ab. Sie wußte zu gut, daß Mutsch recht hatte, seit Tagen hatte sie den Vorsatz, Mutsch im Garten zu helfen und hatte es immer wieder verschoben.

„Also gut", sagte sie seufzend, „wenn ich jetzt einen großen Eimer voll pflücke und nach dem Abendbrot sie entstiele, darf ich dann heute nachmittag noch zum Reiten?"

„Na schön, aber hilf mir wenigstens noch beim Abtrocknen."

So schnell hatte Bille noch nie in ihrem Leben Johannisbeeren gepflückt. Eine Stunde später stand der Eimer gehäuft voll auf dem Küchentisch. Bille war so heiß geworden bei ihrer Rekordarbeit, daß sie sich erst einmal ihre verschwitzten Sachen vom Leib zerrte und sich unter die Dusche stellte. Sie hatte das Gefühl, wie ein Stück glühende Kohle zu zischen, als der kalte Wasserstrahl ihren Körper traf. Genießerisch reckte sie ihr Gesicht dem erfrischenden Tropfenregen entgegen.

„Alles fertig!" rief sie strahlend, als sie durch den Laden hinausging. „Hast du gesehen? Der Eimer läuft fast über, so viel habe ich draufgehäuft!"

„Ja, unsere Bille – für die Mutti tut sie alles, wie?" sagte eine Kundin leutselig, die gerade einen Eimer Waschpulver bei Mutsch kaufte.

„Für mich nicht – für die Pferde!" antwortete Mutsch ironisch. Sie sah nicht besonders glücklich aus, und Bille beschloß, morgen freiwillig den Rest der Johannisbeeren und auch noch die Himbeeren zu pflücken.

Seit Onkel Paul mit Mutsch gesprochen hatte, war kein Wort über den geplanten Umzug gefallen. Aber Bille wurde den Verdacht nicht los, daß Mutsch lediglich alles geheimhielt, um sie dann eines Tages vor die vollendete Tatsache zu stellen und den Abschied schmerzvoll, aber kurz zu halten.

Möglicherweise würde Mutsch sie damit zu trösten versuchen, daß sie ihr am neuen Wohnort Reitunterricht in einer richtigen Reitschule spendierte. Aber was konnte das schon sein gegen den Verlust der Stunden bei Herrn Tiedjen.

Bille nahm sich vor, in den nächsten Tagen besonders lieb und aufmerksam zu Mutsch zu sein, um etwas über ihre Pläne aus ihr herauszubekommen. Wie hatte sie sich auch nur so in Sicherheit wiegen können, seit dem Gespräch mit Onkel Paul! Sie hatte keinerlei Zweifel gehabt, daß er alles in Ordnung bringen würde. Und über den Pferden hatte sie mal wieder alles andere vergessen.

Nicht einmal nach seinem Besuch bei Inge hatte sie ihn gefragt. Auch das wollte sie gleich morgen nachholen. Mit diesen guten Vorsätzen stieg sie aufs Fahrrad und fuhr nach Groß-Willmsdorf hinüber.

Schon auf dem Weg zum Stall hatte Bille ein merkwürdiges Gefühl im Magen. War es Lampenfieber vor dem ersten selbständigen Ausritt? Nein – es mußte etwas passiert sein.

Bille warf das Rad gegen die Stallmauer und rannte hinein. Drinnen war es totenstill. Kein Schnauben, Rascheln oder fröhliches Wiehern zur Begrüßung – nur ein paar Fliegen brummelten träge in der Mittagshitze.

Die Tür zur Box stand weit offen, von Zottel keine Spur! Er hatte es also tatsächlich geschafft. Bille hatte schon manchmal den Verdacht gehabt, es könne ihm gelingen, die Tür von innen zu öffnen, hatte den Gedanken aber wieder verworfen, da es ihr unmöglich schien, daß er den Riegel erreichen würde. Er mußte im Zirkus bei einem Entfesselungskünstler in die Lehre gegangen sein!

„Zottel! Zottel! Verflixt nochmal, wo steckst du denn!“

Im Stall war er nirgends. Kunststück, die Stalltür hatte ja auch weit offengestanden. Seufzend machte sich Bille auf die Suche.

Zottel hatte sich an diesem Nachmittag besonders gelangweilt. Die anderen Pferde waren auf der Koppel, nur er mußte hier im Stall warten, bis seine Herrin geruhte, sich um ihn zu kümmern. Und weil er sich so langweilte, steckte er den Kopf durch die Gitterstäbe der Box, sah sehnsüchtig auf die weitgeöffnete Stalltür und begann spielerisch mit dem Maul nach dem Holzpflock zu schnappen, der schräg unter ihm aus dem Türverschluß ragte. Irgendwann einmal war der Metallzapfen abgebrochen und man hatte ihn provisorisch durch ein Stück Holz ersetzt. Das kam Zottel zu Hilfe. Er reckte den Hals noch ein wenig mehr und konnte den Pflock nun auch mit den Zähnen erreichen. Er biß darauf herum, zog und zerrte so lange, bis der Pflock heraussprang und die Tür zur Box Zottels Druck nachgab.

Zottel wieherte freudig überrascht. Leise trabte er zum Stall hinaus und um die Ecke in den Park hinein. Hier unter den Bäumen würde ihn so leicht niemand entdecken und er konnte endlich einmal ungestört die würzigen Gräser probieren, die ihn schon so oft gelockt hatten.

Zottel schüttelte die Mähne und senkte erwartungsvoll den Kopf. Aber plötzlich erschnupperte er da zwischen den Düften von Klee und saftigem Gras einen Geruch, der ihn in freudigste Erregung versetzte.

Hmhmhmhm, machte Zottel, es hörte sich an, als hätte er leise gelacht. Mit vibrierenden Nüstern trabte er der Quelle des verheißungsvollen Duftes entgegen.

Heute war Frau Lohmeiers Kaffeekränzchentag.

Das Haus, das der Verwalter mit seiner Frau bewohnte, lag gleich hinter dem Park.

Auf der Veranda stand – mit einem Tuch sorgsam gegen die

Fliegen geschützt – die fertige Kaffeetafel mit Torte, Plätzchen, Milch und Schlagsahne, der silbernen Zuckerdose, einem Erbstück von Frau Lohmeiers Großmutter, und in der Mitte des Tisches prangte ein herrlicher Sommerstrauß. Nur der Kaffee fehlte noch, Frau Lohmeier stand gerade in der Küche am Herd und filterte ihn liebevoll und sorgfältig, beschwingt von der Vorfreude auf die Komplimente, die sie ganz sicher zu hören bekommen würde.

Ohne Umstände schritt Zottel zur Tat.

Ungeduldig zerrte er mit den Zähnen das störende Tuch von der Tafel und warf es auf den Boden. Eins der Gedecke wickelte sich sanft hinein und ging mit hinab, ohne Schaden zu nehmen.

Zottel machte sich zunächst einmal über die Cremetorte her. Dann folgten in rascher Reihenfolge die Plätzchen und die Zuckerstücke. Zum Schluß kam die Schlagsahne dran.

Nach soviel Süßem brauchte Zottel unbedingt etwas Kräftiges. Dazu eignete sich der Blumenstrauß vorzüglich, Zottel hob ihn vorsichtig aus der Vase. Der Hals der Vase war eng, sie schwebte ein Stückchen über den Tisch und fiel dann mit dumpfem Platschen in die Reste der Cremetorte.

Der Genuß von Schlagsahne regt die Verdauung an. Und so blieb es nicht aus, daß die Veranda noch mit ein paar Äpfeln geziert wurde.

Bille hatte inzwischen den ganzen Park abgesucht. Sie steuerte gerade auf Familie Lohmeiers Garten zu, als ein gellender Schrei die Nachmittagsstille zerriß. Bille befürchtete das Schlimmste. Sie raste um die Hausecke herum – und blieb wie zur Salzsäule erstarrt stehen. Vor Entsetzen sperrte sie den Mund auf, als wolle sie einen Kartoffelkloß verschlucken. War das, was sie sah Traum oder Wirklichkeit?

Zottel stand hoch aufgerichtet auf den Hinterbeinen, geziert mit einem Weihnachtsmannbart aus Schlagsahne auf der

„Hilfe! Meine Kaffeekanne, meine Blumen!"
kreischte Frau Lohmeier entsetzt

Veranda und hielt die Reste eines Blumenstraußes im Maul. Und davor stand die schreiende Frau Lohmeier, vor sich auf dem Boden die Scherben der Kaffeekanne in einem dunkelbraunen See, neben sich die Kaffeetafel, die aussah, als hätte eine Bombe eingeschlagen.

Bille löste sich aus ihrer Erstarrung.

„Zottel!!“ schrie sie. „Zottel, du verrückter Kerl, was hast du da wieder angestellt, komm sofort her!“

Sie wußte nicht, ob sie lachen oder weinen sollte, aber die Komik des Anblicks siegte. Bille prustete los vor Lachen.

Zottel hatte sich auf die Vorderbeine hinuntergelassen, nachdem Frau Lohmeier aufgehört hatte, die Arme zum Himmel zu erheben. Er warf ihr die Reste des Blumenstraußes vor die Füße, grüßte noch einmal dankend mit einem Nicken und trabte freudig schnaubend zu Bille hinüber.

„So, du findest das komisch, junge Dame!“

Frau Lohmeier war schneeweiß im Gesicht und zitterte vor Zorn.

„Das Lachen wird dir schnell genug vergehen, verlaß dich drauf, dafür werde ich sorgen! Und jetzt nimm dieses Ungeheuer und verschwinde, aber schnell! Der Gaul ist die längste Zeit hier auf dem Hof gewesen, das schwöre ich. Und du – wage es nicht, dich hier noch einmal blicken zu lassen!“

Frau Lohmeier drehte sich brüsk um und verschwand im Haus. Drinnen hörte Bille sie schluchzend nach ihrem Mann rufen. Das konnte ja bös ausgehen!

Bille ergriff Zottel bei der Mähne und führte ihn bedrückt zum Stall zurück. Was sollte sie jetzt bloß tun?

Zottels Wiedergutmachung

In dieser Nacht schlief Bille kaum. Immer wieder gingen ihr die Ereignisse des vergangenen Tages durch den Kopf.

Nachdem sie Zottel zurück in seine Box gebracht hatte, war sie noch einmal zum Lohmeierschen Haus zurückgegangen, um sich für Zottels Untaten zu entschuldigen. Sie hatte geklingelt und geklopft, aber Frau Lohmeier hatte ihr nicht geöffnet. Frau Lohmeier hatte die Kaffeekränzchendamen für heute abbestellt, nachdem sie unter Tränen und in leuchtenden Farben am Telefon das Unglück geschildert hatte – und den Schock, den sie dadurch erlitten hatte, und war mit einem Migräne-Anfall zu Bett gegangen.

Was sollte Bille machen? Ratlos war sie zum Stall zurückgebummelt. Die Lust auf eine Reitstunde war ihr für heute vergangen. Wäre doch wenigstens Petersen dagewesen, damit sie ihm den ganzen Vorfall hätte beichten können! Karlchen und Hubert würden höchstens einen Lachanfall bekommen, wenn sie ihren Bericht hörten.

Natürlich hatte sie Karlchen die ganze Geschichte dann doch erzählt und der erwartete Lachanfall war nicht ausgeblieben. Karlchen wieherte, jaulte und schluchzte. Er war nie sehr gut auf Frau Lohmeier zu sprechen gewesen, und daß Zottel ihr einen solchen Streich gespielt hatte, bereitete ihm ein diebisches Vergnügen.

„So komisch ist das gar nicht", hatte Bille leise gesagt, „mach mir lieber mal einen Vorschlag, was ich jetzt tun soll!"

„Gar nichts", hatte Karlchen gekeucht, und verzweifelt nach Luft geschnappt. „Warte doch erst mal ab. Vergiften wird sie den Gaul ja nicht gleich."

Das war nicht gerade ein Trost gewesen, und weitergeholfen hatte es ihr auch nicht.

Einer plötzlichen Eingebung folgend, hatte Bille dann abends auf dem Hof gewartet, bis Herr Tiedjen zurückkam, um bei ihm eine Generalbeichte für Zottel abzulegen, ehe er den Vorfall von den erbosten Lohmeiers erfuhr. Aber das hatte alles nur noch schlimmer gemacht.

Herr Tiedjen war nervös und übermüdet gewesen, zudem hatte er Sorgen mit Nathan, der seit heute vormittag lahmte und für das nächste Turnier gemeldet war. Herr Tiedjens Laune war tief unter dem Gefrierpunkt gewesen, und als er Billes Bericht hörte, winkte er nur ärgerlich ab.

„Kind, für solche Mätzchen habe ich jetzt wirklich keine Zeit. Mach das mit Herrn Lohmeier ab, ich habe jetzt weiß Gott andere Sorgen!"

Bille war wie ein begossener Pudel nach Hause geschlichen und hatte sich über den Eimer Johannisbeeren hergemacht. Beim Entstielen der Beeren fuhren ihre Gedanken Karussell, ihre Ängste steigerten sich ins Riesengroße, sie sah Zottel verstoßen, zum Tode verurteilt, verladen und zum Pferdemetzger gebracht. Der Kloß in ihrem Hals wuchs und schwoll und ein kleiner Tränenbach lief an der Nase herunter und schmeckte salzig und nach bitterer Verzweiflung.

Ein paarmal hatte sie angesetzt, Mutsch alles zu erzählen, aber dann hatte sie es doch lieber bleibenlassen. Wußte sie denn, ob Mutsch die Geschichte nicht zum willkommenen Anlaß nehmen würde, ihr die Reiterei wieder zu verbieten? Nein, sie mußte die Lösung selbst finden.

Wäre doch wenigstens Onkel Paul in der Nähe! Aber der war jetzt so mit der Fertigstellung seines Spar-Marktes beschäftigt, daß er manchmal erst gegen Mitternacht nach Hause kam und vor Tagesanbruch schon wieder nach Leesten hinüberfuhr. Trotzdem war Onkel Paul wohl der einzige, der helfen konnte. Onkel Paul – und Petersen. Mit diesem Gedanken war Bille schließlich eingeschlafen – einer unruhigen und kurzen Nacht entgegen.

Kurz vor vier Uhr morgens war sie wieder hellwach. Sie beschloß, von Sorge getrieben, sofort nach Zottel zu sehen. Leise zog sie sich an und schlich aus dem Haus.

So früh war sie noch nie draußen gewesen. Die Sonne kam hinter dem Horizont herauf, auf den Wiesen lag der Morgennebel und die Kühe standen darin wie in einem See aus Milch, sie sahen aus wie fremde Wesen aus einem Märchen. Erste Vogelstimmen wurden laut, und drüben auf dem Hof krähte ein Hahn. Die Luft roch würzig nach feuchtem Gras, und der Zauber dieser Morgenstimmung nahm Bille so gefangen, daß sie ihren Kummer vergaß und sich fühlte, als seien diese verzauberte Welt und sie selbst gerade eben erst erschaffen worden und all dieses gehöre ihr ganz allein.

Im Stall war es noch ruhig. Bille schlich sich zu Zottels Box. Er mußte sie gehört haben, denn er stand erwartungsvoll an der Tür und begrüßte sie mit seinem dunklen, verhaltenen Wiehern.

Bille betrachtete ihn eingehend.

„Na, du Schlingel? Wie ist dir der Kuchen bekommen? Bist du ganz in Ordnung?“

Tatsächlich schien ihm das üppige Festmahl nicht das geringste ausgemacht zu haben.

Bille nahm Zaumzeug und Sattel vom Haken und trat zu ihm.

„Komm“, sagte sie, „ich zeig dir einen wunderschönen Morgen.“

Zottel schien das Geheimnisvolle der Unternehmung zu begreifen, als sie aus dem Stall traten, ging er wie auf Zehenspitzen. Bille führte ihn um den Stall herum, erst dann saß sie auf. Im Trab ging es durch den Park hinaus in die Felder.

„Hoffentlich kriegen wir beide keinen Ärger wegen unseres Ausflugs. Aber bis Petersen und Hubert in den Stall kommen, sind wir wieder zurück."

Bille bog in einen Feldweg ein, der zwischen Knicks hindurch auf eine kleine Anhöhe führte. Oben kam man auf eine Birkenallee, von der aus man weit ins Land schauen konnte.

Bille ließ Zottel eine Weile am langen Zügel im Schritt gehen und atmete tief durch. Ein leichter Wind spielte in den Blättern der Birken und streichelte Bille wie in einer Umarmung. Was für ein Augenblick – man müßte ihn festhalten können! dachte Bille. Die Sorgen des vergangenen Tages wurden klein hinter dem Eindruck dieses Morgens.

Wie hatte sie sich nur so ins Bockshorn jagen lassen können! Irgendeinen Weg mußte es doch geben, sich bei Frau Lohmeier zu entschuldigen und ihren Zorn zu besänftigen! Bille beschloß, all ihr gespartes Taschengeld zu opfern, um für den Schaden aufzukommen. Vielleicht konnte sie für Frau Lohmeier auch irgendwelche Arbeiten erledigen, im Garten helfen oder Botengänge übernehmen.

Bille nahm die Zügel auf und galoppierte an. Darauf schien Zottel nur gewartet zu haben, er legte ein Tempo vor, als hätte er Sprungfedern unter den Hufen. Einen Augenblick lang fürchtete Bille, dieser herrliche Morgen hätte ihn so übermütig gemacht, daß er durchgehen, sie abwerfen und hinausstürmen würde in die Weite der Welt. Aber dieser Schreck dauerte nur eine Sekunde. Dann gab sie sich ganz der Freude an dem scharfen Galopp hin.

Eine Stunde später trabten sie erschöpft und glücklich zum Hof zurück. Bille saß ab und führte Zottel durch die Stallgasse. Karlchen war gerade dabei, Petersen und Hubert in leuchtenden Farben Zottels Streich zu erzählen. Die beiden lachten glucksend und Kopfschüttelnd in sich hinein, auch sie schienen Frau Lohmeier dieses Erlebnis zu gönnen.

„Ihr habt gut lachen", sagte Bille bedrückt. „Aber was wird aus mir? Das kann ganz schön ins Auge gehen."

„Ach was, da mach dir man keine Sorgen, mein Deern, irgendwie kommt das schon wieder ins Lot. Kommt Zeit, kommt Rat."

Mehr wußte ihr der alte Petersen also nicht zu sagen? Und sie hatte so auf einen vernünftigen Vorschlag gehofft. Da blieb also nur noch Onkel Paul.

Heute mußte sie ihn unbedingt noch erwischen, ganz gleich, wie spät er nach Hause kam.

Zunächst einmal ging sie gleich nach dem Frühstück ins Büro hinüber, um sich dem gefürchteten Gespräch mit Herrn Lohmeier zu stellen.

Herr Lohmeier war nicht da. Er wäre auf der Zuchtviehschau, sagte ihr Frau Beck, die nette alte Sekretärin, die schon bei Herrn Tiedjens Vater die Buchhaltung besorgt hatte. Ihre dicken Brillengläser blitzten und gaben ihr einen Ausdruck, als lache sie heimlich. Sie sah Bille prüfend an.

„Was möchtest du denn von Herrn Lohmeier, kann ich ihm was bestellen?"

Sicher hatte sich die Sache schon bis zu ihr herumgesprochen!

„Och . . .", druckste Bille, „n-nein, ich kann ja dann morgen wiederkommen. Vielen Dank."

Auf dem Rückweg klingelte sie noch einmal bei Frau Lohmeier. Vielleicht war die jetzt bereit, Billes Entschuldigung anzuhören. Aber Frau Lohmeier dachte nicht daran zu öffnen. Bille war es, als hätte sich die Gardine leise bewegt. In Gedanken sah sie Frau Lohmeier vor sich, mit zusammengekniffenen Lippen und kalten Augen.

„Na dann eben nicht!" knurrte Bille.

Jetzt blieb wirklich nur noch Onkel Paul als Vermittler. Bille holte sich von Mutsch die Erlaubnis, ihn nach dem

Abendbrot noch besuchen zu dürfen. Vorher würde er ja doch nicht da sein.

Bille fuhr die Abkürzung über den alten Heuweg, der hinter Wedenbruck herumführte, eine löchrige, wenig benutzte Schotterstraße, die an beiden Seiten mit Schlehenbüschen gesäumt war. Schon von weitem sah sie, daß Onkel Paul noch nicht zu Hause sein konnte, Tür und Fenster waren verschlossen und Zeitung und Post steckten noch im Briefkasten. Nun gut, dann würde sie eben warten.

Bille zog vorsichtig die Illustrierte aus dem Briefkasten, setzte sich auf die Treppenstufen und begann zu lesen. Als sie ihre Lektüre beendet hatte, war es inzwischen so dunkel geworden, daß sie die Buchstaben kaum noch erkennen konnte. Eine Viertelstunde noch, sagte sich Bille. Und dann gab sie noch einmal eine Viertelstunde zu. Onkel Paul kam nicht. Noch zehn Minuten.

Ob er auf dem Heimweg erst mal in den Krug gegangen war? Aber dann hätte er hier vorbeikommen müssen. Noch fünf Minuten und dann ...

Schließlich konnte sie nicht die ganze Nacht hier sitzen – sie mußte eben morgen früh gleich nach Leesten hinüberfahren und dort mit ihm sprechen, auch wenn er sich ungern bei der Arbeit stören ließ. Bille schob das Rad auf die Straße und machte sich auf den Heimweg.

Hundert Meter weiter auf dem alten Heuweg hörte sie plötzlich ein merkwürdiges Geräusch. Bille hielt an und lauschte.

„Uuuaaach ...“, kam es seitlich aus den Büschen, gefolgt von einem schnarchenden und pfeifenden Singsang. Ein Tier konnte das wohl kaum sein!

Bille ging vorsichtig näher. Jetzt entdeckte sie die Umrisse eines Autos, das im Graben mitten zwischen den Schlehen steckte. Der Wagen kam ihr bekannt vor. Ein Opel Kadett mit schwarzem Verdeck, den fuhr hier nur einer.

„Kind, was machst du hier – hick – in meinem Schlafzimmer?" fragte Herr Lohmeier benebelt

„Herr Lohmeier", rief Bille entsetzt, „ist Ihnen was passiert?"

Bille schaute durch das heruntergekurbelte Fenster. Herr Lohmeier, der zusammengesunken auf den Vordersitzen lag, richtete sich schwerfällig auf und sah Bille aus glasigen Augen an. Als er den Mund öffnete, quoll ihr eine Wolke von Bierdunst entgegen.

„Bille, Kind, was machst du denn in meinem Schlafzimmer?"

„Sie sind nicht in Ihrem Bett, Herr Lohmeier, Sie sitzen noch in Ihrem Auto – und das steckt im Graben fest. Wie ist denn das passiert?"

„Ach verdammt ...", Herr Lohmeier wurde etwas wacher, „was sagst du da?" lallte er. „Ist das wahr?"

„Ja, schauen Sie selbst."

Herr Lohmeier versuchte auszusteigen, plumpste wie ein Mehlsack zurück auf seinen Sitz und sagte weinerlich: „Ich muß eingeschlafen sein. War ein schrecklich anstrengender Tag heute. Was machen wir denn nun? Du liebe Zeit, wenn das meine Frau erfährt – der schöne, neue Wagen!“ Seine Zunge schien schwer wie Blei zu sein, er hatte Mühe, die Worte klar herauszubringen.

„Wissen Sie was, Herr Lohmeier? Sie bleiben jetzt ganz ruhig hier sitzen und ich hole Hilfe.“

„Um Gottes willen, nein, das darf kein Mensch erfahren! Ich bin blamiert!“

„Keine Sorge, es erfährt niemand! Ich habe eine viel bessere Idee. Schlafen Sie nur weiter, ich bin gleich wieder da.“

Der Aufforderung hätte es nicht bedurft. Herr Lohmeier schnarchte schon wieder. Bille hob ihr Fahrrad auf und fuhr, so schnell es die Dunkelheit erlaubte, nach Groß-Willmsdorf hinüber. Wenig später stand sie im Stall.

Der Einfall, Zottel zu holen und mit seiner Hilfe das Auto aus dem Graben zu ziehen, war Bille ganz spontan gekommen. Jetzt hieß es, über die Ausführung des Plans nachzudenken. Im Geschirr zu gehen war Zottel gewöhnt, auch ein passendes Geschirr war vorhanden, aber was brauchte sie noch?

Zunächst einmal schirrte sie Zottel an, dann suchte sie im Stall an Ketten und Tauen zusammen, was ihr für die Unternehmung geeignet schien. Eine starke Taschenlampe verwahrte der alte Petersen oben im Geräteschrank auf, die würde sie sicher brauchen können. Sie steckte alles in einen leeren Sack und packte ihn Zottel auf den Rücken.

„So, mein Lieber, heute spielst du mal Packesel.“

Zwanzig Minuten später waren sie bei Herrn Lohmeier angelangt. Der schlief immer noch selig und süß. Bille hatte Mühe, ihn wachzurütteln.

„Herr Lohmeier! Herr Lohmeier, ich bin’s – Bille! Sie müssen mir jetzt helfen. Ich bin mit Zottel hier – um Sie aus dem Graben zu ziehen!“

„Äh ... rktpf ... ngrrr ..." Herr Lohmeier gurgelte und schnaufte, dann schüttelte er sich, als hätte man ihn ins Wasser geworfen und riß die Augen auf. Es dauerte eine ganze Weile, bis er kapiert hatte, wo und in welcher Situation er sich befand. Aber dann verklärte sich sein Gesicht, der Groschen war gefallen.

„Bille, du bist ein Mordskerl, das werde ich dir nie vergessen!" dröhnte er in unvermuteter Lautstärke los, als gälte es vor tausend Leuten eine Opernarie zum besten zu geben.

„Pschschscht!" machte Bille erschrocken. „Ich denke, uns soll niemand hören!"

„Richtig!" flüsterte Herr Lohmeier, „an die Arbeit".

Er schälte sich aus seinem Sitz, schwankte ein paarmal hin und her und stand schließlich fest auf seinen Füßen.

Bille hatte inzwischen eines der Seile herausgesucht und betrachtete prüfend das Heck des Autos. Da unten war der Abschlepphaken. Sie mußte erst einmal den Wagen rückwärts aus dem Graben ziehen. Irgendwie gelang es ihr, das Seil um den Haken zu knoten und an Zottels Geschirr zu befestigen. Von Herrn Lohmeier war nicht allzuviel Hilfe zu erwarten, immerhin schien er allmählich nüchterner zu werden.

„Jetzt kann's losgehen!" befahl Bille. „Ich nehme Zottel am Zügel und Sie setzten sich ans Steuer."

Zottel brauchte sich kaum anzustrengen. Ein kurzer Zug, ein Kratzen und Scharren der Schlehenzweige am Lack der Motorhaube, dann stand der Wagen wieder auf der Straße.

„Ich würde vorschlagen, wir spannen Zottel jetzt vorne davor und er zieht Sie bis auf den Hof. Dann hört und sieht uns keiner."

Zu zweit spannten sie Zottel um, dann setzte sich Herr Lohmeier wieder hinters Lenkrad. Bille marschierte mit Zottel vorneweg. Mit abgeblendeten Scheinwerfern fuhren sie auf den Hof bis vor die Garage. Niemand war ihnen begegnet.

„Leise!“ mahnte Bille. „Ich bringe Zottel jetzt zurück in den Stall. Aber vorher helfe ich Ihnen noch, den Wagen in die Garage zu schieben, kommen Sie.“

Herr Lohmeier nahm Bille bei den Schultern.

„Mädchen, du bist ein Teufelskerl, das werde ich dir nie vergessen! Und es bleibt ganz bestimmt unter uns?“

„Klar, Herr Lohmeier. Aber ich habe eine Bitte ...“

„Na?“

„Sie wissen doch, was Zottel gestern angestellt hat. Ich meine, mit dem Kaffeetisch Ihrer Frau ...“

„Hä?“ machte Herr Lohmeier verständnislos. Dann fiel ihm die Geschichte wieder ein und er brach in wieherndes Gelächter aus.

„Pssst! Nicht so laut! Herr Lohmeier, Zottel hat Ihnen doch heute abend geholfen. Versprechen Sie mir, daß Sie ihn nicht vom Hof verbannen werden? Daß ihm nichts passiert?“

„Warum soll ihm was passieren? Nur über meine Leiche! Ich verrate doch meine besten Freunde nicht!“

Herr Lohmeier öffnete weit die Arme, stürzte an Bille vorbei und landete an Zottels Hals, den er überschwenglich küßte.

Hoffentlich erinnert er sich auch morgen noch daran, dachte Bille besorgt, so richtig nüchtern scheint er mir immer noch nicht zu sein.

„Freunde, ihr könnt euch auf mich verlassen!“ sagte Herr Lohmeier feierlich. „Gute Nacht! Und nochmals Dank!“

Er warf ihnen noch ein paar Kußhände zu, dann schritt er steifbeinig zu seiner Haustür, wo er eine Weile vergeblich versuchte, das Schlüsselloch zu treffen, bis die Tür von innen geöffnet wurde und er fast waagerecht ins Haus stolperte.

Auweia! dachte Bille. In dessen Haut möchte ich jetzt nicht stecken! Hoffentlich ergeht es mir nicht genauso. Ach was, dann muß ich Mutsch eben die ganze Geschichte erzählen. Und Mutsch kann schweigen wie ein Grab, das weiß ich.

Zirkuspferd bleibt Zirkuspferd

Herr Lohmeier hielt sein Versprechen.

Als Bille am nächsten Morgen nach dem Stalldienst zum Frühstück nach Hause radeln wollte, verabschiedete er sich gerade an der Haustür von seiner Frau, um ins Büro hinüberzugehen. Er sah frisch und rosig aus und war heiterster Stimmung.

„Guten Morgen, junge Dame, gut geschlafen?“ rief er Bille zu.

Frau Lohmeiers Gesicht wurde frostig.

„Guten Morgen, Herr Lohmeier – guten Morgen, Frau Lohmeier“, fügte sie rasch hinzu, „danke, ich habe prima geschlafen, und Sie?“ Bille sprang vom Rad und kam abwartend näher.

Herr Lohmeier zwinkerte ihr zu.

Dann wandte er sich an seine Frau. „Ist sie nicht ein Prachtkerl?“ fragte er. „Steht jeden Morgen um fünf Uhr auf, um im Stall zu arbeiten. Und mit Pferden kann sie umgehen, wirklich, da kann man nur staunen! Ihr Pferd ist das gepflegteste im ganzen Stall!“

„*Ihr* Pferd? Der Ausdruck ist wohl etwas übertrieben, das Pferd gehört Herrn Tiedjen“, sagte Frau Lohmeier spitz.

„Der hat's ihr anvertraut. Und er hatte recht damit.“

„Püh . . .“, machte Frau Lohmeier nur.

„Ein intelligentes Kerlchen, dieser Zottel, und ein großartiger Charakter, da gibt's gar nichts . . .“

Frau Lohmeier lief rot an und wollte etwas sagen, aber Herr Lohmeier ließ sie nicht zu Wort kommen.

„Und wegen des Streichs, den er uns da neulich gespielt hat, wollen wir ihm doch nicht böse sein. Der Verschluß an seiner Box hätte längst repariert werden müssen, Petersen hat mich schon vor Wochen darauf aufmerksam gemacht und ich habe glatt vergessen, dem Stellmacher Bescheid zu sagen. Ich werde mich gleich darum kümmern. Also – Wiedersehen! Und grüß deine Mutter, Bille!“

„Ja, danke – wird gemacht, Herr Lohmeier!“

Als Bille außer Hörweite war, jubelte sie laut. Sie hätte sich nicht träumen lassen, daß Herr Lohmeier so energisch für sie Partei ergreifen würde. Das mit dem reparaturbedürftigen Riegel hatte er sicher erfunden, Petersen hatte Herrn Lohmeier bestimmt nichts davon gesagt.

Beim Frühstück hielt es Bille nicht mehr aus. Sie erzählte Mutsch haargenau die ganze Geschichte – Zottels Streich, ihre Ängste und vergeblichen Entschuldigungsversuche – und schließlich von dem glücklichen Zufall, der Zottel die Möglichkeit gab, alles wiedergutzumachen.

Mutsch lachte, bis ihr die Tränen kamen. Immer wieder mußte Bille vormachen, wie Zottel vor Frau Lohmeier auf den Hinterbeinen gestanden hatte, und je mehr diese die Arme gen Himmel hob, desto höher stieg auch er.

„Nein, zu komisch“, lachte Mutsch, „er muß gedacht haben, sie sei sein Zirkusdirektor und gäbe ihm Zeichen für sein Kunststück.“

„Mutsch – aber du versprichst mir, daß die Geschichte unter uns bleibt, ja? Vor allem das von gestern abend!“ sagte Bille eindringlich.

„Aber natürlich. Deshalb bist du gestern also so spät nach Hause gekommen! Ich wollte schon mit Onkel Paul schimpfen. Was macht er eigentlich – man bekommt ihn überhaupt nicht mehr zu sehen?“

„Ach, er ist doch ständig drüben in Leesten. Der Spar-Markt muß wohl bald fertig sein, da ist er natürlich für nichts anderes mehr zu sprechen. Was meinst du, soll ich nicht einfach mal rüberfahren und schauen, wie weit sie sind?“

Bei Mutsch war es, als rassele eine Jalousie herunter. Ihr Gesicht nahm einen verschlossenen Ausdruck an.

„Wenn's dir Spaß macht, bitte“, sagte sie kühl. „Ich muß jetzt in den Laden.“

Sie stand auf, räumte ihr Gedeck in den Spülstein und ließ heißes Wasser darüberlaufen. Wie sie so dastand, vornübergebeugt, mit hängenden Schultern, sah sie alt und verlassen aus. Wie jung hatte sie vorhin gewirkt, als sie lachte! Warum war sie nur so schrecklich verbohrt, wenn es um den Spar-Markt ging!

Bille beschloß, auch darüber mit Onkel Paul zu reden.

Als Bille ihr Fahrrad von der Hauswand nahm, fiel ihr ein, daß sie doch ebensogut nach Leesten hinüber reiten konnte, statt zu fahren. Sie mußte ja nicht unbedingt die Chaussee nehmen, auf Feldwegen kam sie genausogut hin. Also fuhr sie zum Stall hinüber, um Zottel zu satteln. Der freute sich, als er merkte, daß es statt eines strengen Trainings einen morgendlichen Vergnügungsritt gab.

Es war schwül, am Himmel zogen sich erste Wolkenberge zusammen, und auf den Wiesen wurde in aller Eile das letzte Heu hereingeholt. Sicher würde es am Nachmittag ein Gewitter geben, aber noch schien die Sonne.

Bille überlegte, ob sie nicht gleich an die Ostsee weiterreiten solle und ein erfrischendes Bad nehmen. Außerdem mußte es herrlich sein, am Strand entlang zu galoppieren. Aber von Leesten waren es noch fünf Kilometer bis zur See, und die Aussicht, auf dem Rückweg vielleicht von dem Gewitter überrascht zu werden, war nicht sehr angenehm. Also tröstete sie sich mit dem Gedanken an eine Dusche unter dem Gartenschlauch bei ihrer Heimkehr.

„He – Bille!“

Sie hatte gerade die ersten Häuser von Leesten erreicht, als Elli, Heike und Martina auf ihren Rädern neben ihr auftauchten.

„Hoch zu Roß – ich werd nicht wieder!“ sagte Heike, schwankend zwischen Bewunderung und Spott.

„Der sieht ja aus, als käm er aus dem Zirkus!“

„Wo hast 'n den aufgegabelt?“

„Er gehört zum Stall von Herrn Tiedjen“, sagte Bille würdevoll. „Ich bin seine Pflegerin und darf mit ihm trainieren. War gar nicht so einfach, ein normales Reitpferd aus ihm zu machen, aber er hat sich großartig entwickelt.“

„Na, jetzt begreife ich, warum du nie mehr Zeit für uns hast. Bei solchen Pflichten! Da bist du natürlich voll ausgelastet“, meinte Heike ironisch.

„Wir haben schon gefürchtet, du hättest die Pocken oder sonst eine Krankheit, weil du dich gar nicht mehr blicken läßt. Geschweige denn, mit zum Baden kommst!“ warf Elli ihr vor.

„Ich möchte ja gern, aber ...“ Bille spürte ein leises Bedauern in sich aufsteigen, unterdrückte es aber sofort. „Wißt ihr, bei Herrn Tiedjen persönlich Unterricht zu bekommen und seine Pferde betreuen zu dürfen ist eine Chance, die man wahrnehmen muß. Da bleibt einfach keine Zeit mehr für private Dinge.“

„Na ja, du warst ja immer schon ein Einzelgänger, dagegen ist wohl kein Kraut gewachsen“, sagte Martina achselzuckend. „Wenn du nur noch mit so bedeutenden Leuten zu tun hast, werden wir dich wohl bald auf den Titelseiten der Zeitungen sehen. ‚Sibylle Abromeit siegte im Großen Preis von Deutschland‘ oder so.“

„Blödsinn, so weit ist es ja nun wirklich noch nicht! Ich habe ja noch nicht mal mit dem Springen angefangen, Herr Tiedjen ist da sehr gründlich, der schickt einen nicht einfach so über die Hindernisse ...“

Zottel wurde unruhig und begann zu tänzeln. Ihn langweilte dieses Gespräch, vor allem, weil er merkte, daß Billes Aufmerksamkeit von ihm abgelenkt war. Er warf heftig den Kopf hoch und scharrte ungeduldig mit dem Huf.

„Ich muß weiter", sagte Bille schnell, „ich will Onkel Paul besuchen. Also – macht's gut!"

Sie trieb Zottel an und bog in die Dorfstraße ein, an deren Ende die Baustelle lag.

„Wir kommen mit!" riefen die Mädchen hinter ihr her. „Als Ehrengarde!" Sie lachten.

Bille auf einem Zirkuspferd, den Anblick wollten sie sich so schnell nicht entgehen lassen. Auch andere Kinder wurden auf das auffallende Pferd aufmerksam und folgten, von Neugierde getrieben. Schon bereute Bille, daß sie geritten war – schließlich wollte sie hier keine Vorstellung geben.

„Darf man den mal streicheln?"

„Beißt der?"

„Frißt der auch Schokolade?"

„Darf ich auch mal reiten?"

So und ähnlich tönte es von allen Seiten.

Bille wurde der Aufzug immer unbehaglicher. Zum Glück war sie jetzt am Ziel.

„Donnerwetter!" rief sie überrascht.

Dort, wo das letzte Mal noch kahle Mauern ohne Dach gestanden hatten, erhob sich jetzt ein schmucker, moderner Bau, weiß und hellblau gestrichen, mit großen Fensterflächen und einem von Rosenrabatten gesäumten runden Platz davor. Im geräumigen Verkaufsraum waren Handwerker dabei, Regale aufzurichten und Neonröhren zu installieren.

Bille sah sich um. Wo konnte sie Zottel festmachen, ohne daß er von Kindern geneckt wurde und vielleicht etwas anstellte. Sie war von einem dichten Kranz von Neugierigen umringt.

Da drüben waren Haken in die Mauer eingelassen, an denen man Hunde anbinden konnte, das war kaum das Richtige. Aber hinter dem Haus mußte es ja einen Hof zum Abladen der Waren geben, der nicht für jedermann zugänglich war. Bille hoffte inständig, Onkel Paul möge sie entdecken und ihr zu Hilfe kommen. Aber von Onkel Paul war weit und breit nichts zu sehen.

Statt dessen erschien jemand anderer: der Lautsprecherwagen der Gemeinde. Er bog in die Straße ein, und hielt genau vor dem Spar-Markt – wohl erfreut, so viele Zuhörer auf einmal anzutreffen. Dann schaltete er seinen Lautsprecher ein. Über den Platz ergoß sich eine Woge von Walzermusik, die „Schöne blaue Donau" brandete an Zottels Ohren und ließ ihn in seliger Erinnerung erschauern. Bille merkte es und ahnte das Schlimmste.

Nach dieser Musik hatte Zottel früher im Zirkus den Höhepunkt seines Auftritts vorgeführt: einen Walzertanz.

Hmhmhmhm . . ., machte Zottel begeistert.

„Zottel, sei vernünftig!" flehte Bille.

Aber es war schon zu spät. Zottel warf einmal kurz den Kopf in den Nacken und begann, sich in kleinen Galoppsprüngen um sich selbst zu drehen. Schallendes Gelächter übertönte die Musik und erfüllte Straße und Platz. Bille wurde puterrot. Immer mehr Leute liefen zusammen. Mit allen Mitteln versuchte Bille Zottel zum Stehen zu bringen, vergeblich! Ihm schien der Auftritt vor einem so dankbaren Publikum großartig zu gefallen. Und je mehr gelacht und applaudiert wurde, um so schwungvoller wurden seine Sprünge. Bille wurde bereits ganz schwindlig von der Dreherei.

„Schau sie an, unsere tolle Reiterin", hörte sie Heike sagen, „sie kriegt ihr Pferd nicht zum Stehen!"

„Geschieht ihr ganz recht, was muß sie auch so angeben!"

„Wetten, daß sie gleich runterfliegt?" stichelte Elli.

Den Spaß sollt ihr nicht haben! dachte Bille wütend. Oben bleiben werde ich. Irgendwann muß die verdammte Musik ja mal zu Ende sein!

„Alle Achtung, du sitzt ja wie eine Eins!" hörte Bille plötzlich Onkel Pauls Stimme durch den Lärm aus Musik und Gelächter hindurch.

„Fiete, dreh doch mal den Kasten ab!" rief er. Dann nahm er Zottel am Zügel, der erschöpft schnaubend stehenblieb. So lange hatte er noch nie Walzer getanzt.

„Donnerwetter, du hast wirklich viel gelernt bei Herrn Tiedjen – in der kurzen Zeit. Deine Haltung ist erstklassig!"

„Danke, Onkel Paul", flüsterte Bille.

Sie bemühte sich, so elegant wie nie vorher aus dem Sattel zu springen, was ihr zu ihrer Genugtuung auch gelang. Dann nahm sie Zottel am Zügel und stakste mit etwas steifen Beinen hinter Onkel Paul her.

„Komm, mein Deern, hinten im Hof kannst du deinen Zottel anbinden. Was zu trinken bekommt er auch. Und dann kannst du mir beim zweiten Frühstück Gesellschaft leisten, magst du?"

„Klar! Was meinst du, was ich schon wieder für einen Hunger habe!"

Onkel Paul war wirklich Gold wert. Auf dem Hof war es schattig und kühl, und an der Einfahrt hing ein großes Schild „Zutritt nur für Lieferanten". Die gaffende Menge blieb auf dem Vorplatz zurück und zerstreute sich allmählich.

„Puh, das war der erste öffentliche Auftritt meines Lebens", stöhnte Bille. „Ganz schön anstrengend."

Sie band Zottel neben der Laderampe fest, und Onkel Paul brachte einen Eimer Wasser für ihn. Dann gingen sie in Onkel Pauls Büro.

„Ich habe gar nicht gewußt, daß der Spar-Markt schon fast fertig ist! Er ist toll geworden. Zeigst du mir nachher alles?"

Onkel Paul strahlte, Billes Lob freute ihn offensichtlich.

„Nicht wahr – ein schmucker Bau! Die Besichtigung können wir ebensogut gleich vornehmen. Komm – hier geht's lang."

Er öffnete Bille die Tür zum Verkaufsraum.

„Hier, gleich links, das ist die Theke, an der Wurst und Fleisch verkauft werden sollen. Die Tür hier rechts führt zu den Lagerräumen. Dahinter an der Längswand die Tiefkühltruhen und die Regale für Gemüse und Frischobst. Die Regale in der Mitte sind für Nährmittel und Konserven, die dort rechts für Wasch- und Putzmittel und Kosmetik . . ."

„Und die Kühltruhe hier vorne?"

„Für Molkereiprodukte, Milch, Butter, Käse und so weiter."

„Und das runde Regal da? Sieht aus wie eine Litfaßsäule. So was finde ich aber komisch."

„Da kommen Kaffee, Tee und Schokolade hin. Komm, du hast die Kassen noch nicht gesehen. Hier, das Modernste vom Modernen! Vollautomatisch, mit Förderband und Geldrückgabe und allem Drum und Dran."

„Wirklich 'ne Wucht. Wenn ich denke, wie Mutsch oft alles noch auf dem Papier zusammenzählt, wenn unsere vorsintflutliche Kasse mal wieder den Geist aufgegeben hat . . ."

„Gefällt's dir?"

„Einmalig – vor allem die Farben, alles in Zitronengelb und Orangerot, meine Lieblingsfarben!"

„Ja, und weißt du warum? Damit auch bei Regenwetter alles aussieht, als schiene die Sonne durchs Fenster. Das versetzt die Leute in gute Laune und . . ."

„. . . sie kaufen mehr, als sie wollten."

Sie lachten.

„Ehrlich gesagt, Onkel Paul – so schön habe ich es mir gar nicht vorgestellt."

„Warte erst mal, bis die Waren eingeräumt sind! Das wird ein Anblick – natürlich müssen zur Einweihung Blumen her, ein Meer von Blumen!“ sagte er verträumt. „Glaubst du, daß es deiner Mutter gefallen wird?“

Er war stolz wie ein kleiner Junge auf sein neues Spielzeug.

„Ach, Onkel Paul“, sagte Bille bedrückt, „vorläufig sieht sie schon rot, wenn sie nur das Wort Spar-Markt hört. Was machen wir bloß mit ihr?“

„Tja – nun laß uns erst mal frühstücken.“

Sie setzten sich in Onkel Pauls Büro an den Schreibtisch, und er holte aus einem kleinen Kühlschrank Wurst, Käse, Butter und eine Flasche Milch. Dann zauberte er aus einer Schublade Semmeln, Teller und Campingbestecke.

„Wird alles im Spar-Markt Leesten zu kaufen sein“, sagte er augenzwinkernd. „So, jetzt wollen wir es uns richtig gemütlich machen. Bedien dich.“

Bille belegte sich eine Semmel dick mit Bauernwurst und Onkel Paul goß ihr einen Becher Milch ein.

„Weißt du, mir ist da eben so eine Idee gekommen, wegen der Eröffnung ...“

„Über Mutsch?“

„Nein, über dich und deinen Zottel. Ihr könntet mir ein bißchen helfen, wenn du Lust hast. Zettel verteilen, Reklame machen, meine ich. Wir könnten euch beide ein bißchen zirkusmäßig verkleiden ...“

„Ich könnte Luftballons und Bonbons verteilen ...“

„Du könntest in die umliegenden Orte reiten ...“

„... vielleicht auch Kutschfahrten für Kinder veranstalten.“

„Es wäre eine fabelhafte Werbung für uns.“

„... oder Zottel vor einen Eiswagen spannen und Eis verkaufen!“

Onkel Paul grinste. „Ich sehe, du bist ein erstklassiger Mitarbeiter, voller Ideen und Aktivität. Ich weiß auch, von wem du das hast.“ Er seufzte. „Wenn sie sich doch bloß nicht so verkrochen hätte, nach dem Tode deines Vaters. Sie kommt mir manchmal vor, wie Dornröschen im Turm. Dringend Zeit, daß sie einer wachküßt. Ist doch noch 'ne junge Frau . . ."

„Vielleicht können wir sie irgendwie überlisten?" fragte Bille.

„Darüber zerbreche ich mir ja die ganze Zeit den Kopf."

„Und wenn du sie entführst?"

„Hm – hier, probier mal diesen Käse."

„Du lenkst ab! Wie war überhaupt dein Gespräch mit Inge?"

„So lala – sie hatte wenig Zeit, mußte zu einer Verabredung. Ich glaube, sie hat mir gar nicht richtig zugehört, hat nur gesagt, sie wolle sich die Sache mal durch den Kopf gehen lassen, da spielten auch noch andere Überlegungen eine Rolle. Weiß der Teufel, was sie damit gemeint hat."

„Onkel Paul, wir müssen Inge zu unserer Komplizin machen! Lade sie hierher ein. Ich bin sicher, wenn sie den Laden hier sieht, ist sie Feuer und Flamme! Was Besseres kann sie Mutsch doch gar nicht wünschen! Hast du ihr wenigstens gesagt, daß du Mutsch heiraten möchtest?"

Onkel Paul wurde verlegen.

„Ich – äh – ich hatte es vor, aber dann habe ich mich nicht getraut. Es war nicht so der richtige Moment, weißt du . . ."

„Oh, Onkel Paul!" sagte Bille verzweifelt. „Wenn du solche Hemmungen hast, wirst du dich nie trauen, Mutsch zu fragen! Am Ende muß ich das noch für dich tun."

„Wär vielleicht gar keine schlechte Idee."

Zottel als Hilfspolizist

In den nächsten Tagen schlug das Wetter um. Bille war nach ihrem Besuch bei Onkel Paul gerade noch mit Zottel in den Stall gekommen, als ein schweres Gewitter losbrach. Danach blieb das Wetter regnerisch und kühl.

Bille benutzte die Gelegenheit, Mutsch mehr als sonst im Haus und Garten zu helfen. Helga leistete ihr dabei oft Gesellschaft, und wenn Helga da war, ließ Karlchen nicht lange auf sich warten.

Nachdem Bille und Karlchen morgens ihren Stalldienst absolviert hatten und Bille eine Stunde geritten war, nahmen sie Zottel mit ins Dorf, pflockten ihn im Garten unter dem großen Apfelbaum an oder suchten für ihn eine Stelle, wo er ihnen durch seinen ungeheuren Appetit das Mähen ersparte.

Dann nahmen sie gemeinsam Äpfel und Sommerbirnen ab, kümmerten sich um die Wäsche oder halfen beim Einkochen. Hatten sie in der Küche zu tun, steckte Zottel den Kopf durchs Fenster und wartete, bis für ihn ein Leckerbissen abfiel. Einmal war es ihm sogar gelungen, sich loszureißen und in die Küche zu marschieren, wo er an Töpfen und Schubladen schnupperte und genau studierte, wo es hier etwas zu holen gab. Dann wollte er in den Laden, wo Mutsch gerade neu eingetroffene Ware auspackte, die Bille und Helga in die Regale stauten.

„Das könnte dir so passen! Ab mit dir in den Garten, Bürschchen!" kommandierte Mutsch. An der Art, wie sie ihm zärtlich aufs Hinterteil klopfte, sah Bille, daß auch sie Zottel liebgewonnen hatte.

Der Gedanke an Mutsch und Onkel Paul ließ Bille nicht mehr los. Bis jetzt hatte sie den Freunden noch nichts von Onkel Pauls Plänen erzählt, es sollte ja auch ein Geheimnis bleiben. Aber dieses Geheimnis mit sich herumzuschleppen wurde ihr immer schwerer.

„Was tut dein Vater eigentlich, wenn er bei deiner Mutter etwas durchsetzen will, was sie nicht möchte?" fragte sie Karlchen eines Tages, als sie gemeinsam den Stall ausfegten.

„Das gibt's gar nicht", brummte Karlchen.

„Wieso nicht?"

„Höchstens umgekehrt – daß meine Mutter mal bei meinem Vater was erreichen will.“

„Und?“

„Was heißt ‚und‘?“

„Wie macht sie das?“

„Sie stellt ihn vor vollendete Tatsachen. Sie richtet es irgendwie so ein, daß er dann gar nicht mehr zurückkann.“

„Hm . . .“

Sie waren allein im Stall, Hubert und Petersen waren schon gegangen, nachdem Karlchen und Bille versprochen hatten, den Stall ordnungsgemäß zu schließen.

Karlchen stützte sich auf seinen Besen und sah Bille von der Seite an.

„Sag mal“, fragte er zögernd, „würde es dir was ausmachen, wenn ich jetzt schon gehe?“

„Nö, warum?“

„Ich hab nämlich noch ’ne Verabredung. Dann zisch ich gleich los, ja?“

„Klar, ich mach das hier schon. Hau ab – und viel Spaß!“

„Danke!“ Karlchen flitzte davon, als brenne ihm der Hosenboden.

Bille fegte die letzten Strohhalme zusammen und räumte die Geräte weg. Sie liebte es, allein im Stall zu sein – verantwortlich für Herrn Tiedjens Pferde. So reinigte sie anschließend noch den Geräteschrank, stieg auf einen Schemel, um von der Lampe Fliegendreck und Staub zu entfernen und überlegte, was sie sonst noch tun könne, um ein bißchen länger in der Nähe ihrer Lieblinge zu bleiben. Warum sollte sie nicht mal die Fenster putzen? Petersen würde staunen, wenn er morgen früh in den Stall kam!

Als sie mit dem ersten Fenster fertig war, begannen ihr die Arme lahm zu werden, und sie bereute ihren Entschluß ein bißchen. Aber das zweite Fenster schmutzig lassen? Das kam

„Uff, das war ein langer Arbeitstag!" stöhnte Bille zufrieden

nicht in Frage, da hatte sie auch ihren Stolz. Schlimm genug, daß sie an die Fenster, die hoch über den Boxen waren, nicht herankam. Die sahen schon aus wie Milchglasscheiben! Aber dazu hätte sie eine Leiter benötigt, das mußte sie sich für einen anderen Tag aufheben. Außerdem wurde das Licht allmählich schwächer, und im diffusen Zwielicht polierte sie die Scheiben wieder und wieder, damit das Werk auch vor Petersens Augen bestehen konnte.

Todmüde legte sie schließlich Lappen und Schwamm weg und stellte den Eimer an seinen Platz. Heute hatte sie wirklich einen langen Arbeitstag hinter sich. Bille war sehr zufrieden mit sich. Sie trat zu Zottel in die Box, um ihm gute Nacht zu sagen und legte ihr Gesicht zärtlich an seinen Hals.

„Gute Nacht, mein Dicker, schlaf gut. Uuaach . . . am liebsten würde ich mich gleich neben dich legen, so müde bin ich. Na denn, tschüs – bis morgen."

Gähnend verließ sie die Box und wollte den Riegel schließen. Ein nagelneuer Riegel, er saß noch so stramm, daß sie all ihre Kraft brauchte, um ihn zu bewegen, war angebracht worden.

„Verdammt, der klemmt schon wieder! Zu blöd, daß Hubert nicht mehr hier ist, ich hätte dran denken sollen, daß ich es allein nicht schaffe!"

Bille lief auf den Hof hinaus, um sich nach Hilfe umzusehen.

Auf dem Hof war alles still, die Arbeiter hatten längst Feierabend gemacht, und auch Frau Beck, die Sekretärin, war nach Hause gegangen. Bille überlegte, ob sie bei Herrn Lohmeier klingeln sollte, verwarf diesen Gedanken aber sofort. Nach einem Gespräch mit der giftigen Frau Lohmeier war ihr gar nicht zumute.

Ratlos kehrte sie in den Stall zurück. Was sollte sie tun? Es wurde höchste Zeit für sie, nach Hause zu gehen, Mutsch wartete sicher schon.

Noch einmal versuchte Bille, den Riegel zu bewegen. Vergeblich. Zottel hatte sich bereits niedergelegt und schaute kaum auf, als sie sich an der Tür zu schaffen machte. Ob er bis morgen früh durchschlafen würde? Warum nicht – er schlief oft noch, wenn sie morgens in den Stall kam. Und außerdem wußte er ja nicht, daß der Riegel nicht fest verschlossen war.

Als Bille aus dem Stall trat, sah sie drüben an der Garage Herrn Lohmeier, der gerade nach Hause gekommen war und seinen Wagen abschloß.

„Herr Lohmeier, ein Glück, daß ich sie treffe!" rief Bille schon von weitem. „Ich bin noch ein bißchen im Stall geblieben, um die Fenster zu putzen, ich wollte Herrn Petersen morgen damit überraschen", sprudelte sie hervor, „und jetzt bekomme ich den neuen Riegel an Zottels Box nicht richtig zu. Würden Sie mir helfen?"

„In Ordnung, Mädchen, das werden wir gleich haben. Ich muß nur schnell einmal ins Haus ..."

„Wird es lange dauern? Ich bin verflixt spät dran, Mutsch wird schon böse sein."

„Weißt du was? Fahr du nur schon nach Hause, ich kümmere mich gleich darum."

„Danke, Herr Lohmeier!"

Leider hielt Herr Lohmeier sein Versprechen nicht. Als er ins Haus trat, lief im Fernsehen gerade sein Lieblingskrimi. Eine Weile stand er – die Türklinke in der Hand, den Hut auf dem Kopf – im Zimmer und starrte auf die Mattscheibe, dann setzte er sich, magisch angezogen von dem Geschehen auf dem Bildschirm, in seinen Lieblingssessel. Schließlich nahm er den Hut ab, und als seine Frau ihm sein allabendliches Bier brachte, waren Zottel, der offene Riegel und die weit offenstehende Stalltür vergessen.

Weder Bille noch Herr Lohmeier ahnten zu dieser Stunde, daß das Unheil bereits vor der Tür stand.

Der Laden ist bestimmt leicht zu knacken! dachte Kalle zuversichtlich

Nicht vor der Stalltür. Das Unheil wartete wenige Meter von der Abromeitschen Ladentür entfernt in Gestalt von Kalle Ungeheuer, wegen schweren Raubes zu acht Jahren Zuchthaus verurteilt und heute morgen aus der Haftanstalt entflohen. Als blinder Passagier verschiedener Lastwagen war er bis nach Wedenbruck gelangt, wo er erst einmal eine Pause einlegte, um sich Verpflegung und einen neuen Anzug zu organisieren.

Er hatte sich in einen Schlupfwinkel oben im Dach der Scheune zurückgezogen, die dem Laden schräg gegenüberlag. Von hier aus konnte er genau beobachten, was auf der Straße vor sich ging, ohne selbst gesehen zu werden. Außerdem konnte er ausgezeichnet studieren, wo im Laden die Dinge zu finden waren, die er für seine Flucht benötigte.

Als es still im Dorf wurde, rüstet sich Kalle Ungeheuer zum Aufbruch. Genauer gesagt: zum Einbruch. Er stieg aus seinem Versteck hinunter und überquerte die Straße.

Für einen Profi wie ihn war das Schloß in Frau Abromeits Ladentür ein kleiner Fisch. Kalle Ungeheuer lauschte einen Augenblick, ob jemand das leise „klackklock“ gehört hatte, als er die Tür öffnete. Alles blieb still.

Jetzt galt es, sich flach wie eine Flunder zu machen. Er hatte am Tage beobachtet, daß die Ladenglocke erst zu läuten begann, wenn die Tür schon halb geöffnet war.

So – geschafft. Jetzt konnte er sich erst mal eine Pause gönnen. Dann würde er sich systematisch mit allem ausrüsten, was er auf der Weiterreise brauchen würde.

Zottel hatte seine erste Runde Schlaf beendet und erwachte, weil ihm ein ungewohnter Luftzug um die Nase wehte und ihm das runde Hinterteil über Gebühr kühlte. Er erhob sich und steckte die Nase zwischen die Gitterstäbe seiner Tür. Knirsch machte es, und der nur ganz knapp vorgeschobene Riegel sprang auf. Die Tür öffnete sich mit einem unmelodischen Quietschen weit auf die Stallgasse hinaus. Ihr folgte Zottel, die Nase immer noch zwischen den Gitterstäben, wie ein Schlafwandler. Zottel zog den Kopf heraus und marschierte zur Futterkiste.

Die aber war verschlossen.

Was war naheliegender, als sich auf den Weg zu machen, um anderswo seinen Appetit zu stillen? Zottel trabte zum Stall hinaus, um Bille und Mutsch einen nächtlichen Höflichkeitsbesuch abzustatten und dafür vielleicht mit ein paar Zuckerstücken belohnt zu werden.

Die Nacht duftete nach Klee und reifem Korn, ein leichter Wind trieb Regenwolken über den Himmel, ab und zu kam der Mond zum Vorschein. Bei Abromeits warteten Äpfel am

Baum und eine Menge Leckereien in Küche und Laden. Zottel legte einen flotten Trab vor.

Kalle Ungeheuer hatte zunächst einmal sein altes Hemd gegen ein neues vertauscht, ebenso die Socken. Andere Kleidungsstücke führte Frau Abromeit leider nicht. Dafür fand er Feldflasche und Brotbeutel, sogar einen Jägerrucksack – einen uralten Ladenhüter. Nun kam der Lebensmittelvorrat dran, zuletzt das Bargeld. Er hatte keine Eile, er fühlte sich sicher.

Dem Pulverkaffee folgten Zucker, ein Brot, eine Salami und zwei Schachteln Käse. Ein paar Konserven konnten auch nicht schaden. Und zwei Flaschen Schnaps für die kühlen Nächte.

Kalle Ungeheuer hockte gerade vor dem Regal, in dem sich die Kosmetik-Artikel befanden, um seinem Vorrat ein Stück Seife und eine Zahnbürste anzufügen (schließlich war er ein reinlicher Mensch), als ihn ein heißer Hauch im Nacken traf und zur Salzsäule erstarren ließ. Der Hauch wurde von einem böse-schnarchenden Räuspern begleitet, höhöhöhö, Kalle Ungeheuer hatte einen solchen Ton noch nie in seinem Leben gehört. Vorsichtig duckte er sich und warf sich dann blitzschnell auf die Seite.

Leider hatte er übersehen, daß an dieser Stelle das Faß mit Frau Abromeits selbsteingelegten Gurken stand. Das Faß stürzte krachend um, und eine kühl-saure Brühe ergoß sich über den erschreckten Einbrecher.

Doch nicht genug damit. Was ihn mit seinem feurigen Hauch eben von hinten getroffen hatte, richtete sich jetzt steil vor ihm auf, wuchs ins Riesenhafte und stürzte, begleitet von Scherbengeklirr und sprühenden Funken, auf ihn nieder. Kalle Ungeheuer fühlte einen stechenden Schmerz in Knie und Magen, er war einer Ohnmacht nahe und schnappte verzweifelt nach Luft.

Er war bei Gott noch nie ein Feigling gewesen. In einer

zünftigen Prügelei nahm er es mit fünfen zugleich auf. Aber der Begegnung mit dem Übersinnlichen war er nicht gewachsen.

„Gott steh mir bei, der Teufel persönlich", ächzte er, und „Hilfe!!! Hilfe!!" schrie er mit allen Kräften, die er noch aufzubringen vermochte.

Dessen hätte es gar nicht bedurft, längst war Mutsch auf die Geräusche im Laden aufmerksam geworden und hatte vorsichtshalber bei Polizist Bode angerufen. Der hatte sich in aller Eile die Uniformjacke über den Schlafanzug gezogen. Auf die Stiefel verzichtete er, denn barfuß war er immer noch am schnellsten. Die Pistole zog er sicherheitshalber schon im Laufen aus dem Koppel. Ein Einbruch in Wedenbruck, das war doch wenigstens mal was.

Im Windschatten des Zweizentnermannes Bode betrat Mutsch die Küche und schaltete das Licht ein. Polizist Bode stürzte vorwärts in den Laden.

„Stehenbleiben oder ich schieße!" brüllte er mit Donnerstimme.

Hmhmhmhm . . ., machte Zottel ärgerlich.

Er hatte gerade begonnen, sich über den Inhalt des von ihm zertrümmerten Bonbonglases herzumachen und fühlte sich gestört.

Polizist Bode starrte Zottel verwirrt und ungläubig an. Erst ein klägliches Wimmern auf dem Fußboden machte ihn auf den wirklichen Unhold aufmerksam. Umkränzt von sauren Gurken, mit Sahnebonbons garniert, lag da der gar nicht mehr fürchterliche Einbrecher, der nun seinerseits ungläubig auf das rotgesprenkelte Pferd stierte, das er für den Satan persönlich gehalten hatte.

Einen Augenblick herrschte Totenstille, dann brach Mutsch in schallendes Gelächter aus und Polizist Bode prustete unter Lachen hervor: „Stehen Sie auf Mann, Sie sind verhaftet!"

„Ich bring den Kerl auf die Wache!“
rief Polizist Bode

Bille, die einen gesegneten Schlaf hatte, taumelte durch die Küche und erschien mit halbgeschlossenen Augen im Türrahmen.

„Was soll denn dieser blödsinnige Lärm mitten in der Nacht", brachte sie gähnend hervor, „was ist hier eigentlich los?"

Mutsch betrachtete ihre im Stehen schlafende Tochter mit gutmütigem Spott.

„Nichts", sagte sie trocken. „Zottel hat nur einen Einbrecher überwältigt. Geh nur wieder ins Bett."

„Ach so", murmelte Bille, „dann ist es ja gut. Ich dachte schon, es sei was passiert." Wie eine Schlafwandlerin stieg sie wieder die Treppe hinauf.

Polizist Bode und Frau Abromeit sahen ihr verblüfft nach.

Dann wurde der Polizist wieder dienstlich.

„Los, Mann, stehen Sie endlich auf!"

„Ich kann nicht!" jammerte der Einbrecher. „Das Biest hat mir ein Bein zertrümmert!"

Polizist Bode band das Koppel über der rutschenden Schlafanzughose fester, dann bückte er sich, warf sich den stöhnenden Einbrecher über die Schulter und ging zur Tür.

„Na, denn gute Nacht, Olga", sagte er und verschwand mit seiner Last in der Dunkelheit.

„Und du kannst für den Rest der Nacht im Schuppen schlafen. Der ist zwar nicht so komfortabel wie deine Box, aber wenigstens trocken", sagte Mutsch zu Zottel gewandt. „Komm, Herr Hilfspolizist."

Aber Zottel hörte nicht. Der machte gerade eine neue Erfahrung: Daß es Bonbons gab, die einen daran hinderten, die Zähne auseinanderzubekommen.

Geheimnisvolle Briefe

Als Bille und Karlchen am nächsten Morgen Zottel wie einen Sieger zurück in den Stall führten, steckte Petersen Bille einen blauen Briefumschlag zu.

Während Karlchen in leuchtenden Farben Zottels nächtliche Heldentat schilderte, als hätte er danebengestanden, hockte sich Bille auf einen umgestülpten Tränkeimer und riß den Umschlag auf. Er enthielt nichts weiter als einen kleinen Zettel, auf dem in Onkel Pauls steiler Handschrift stand:

„Komm unbedingt heute nachmittag gegen vier Uhr in mein Büro! Eine Überraschung wartet – Gruß! O. P."

„Herr Petersen", sagte Bille aufgeregt, „heute nachmittag kann ich leider nicht kommen. Es handelt sich um eine sehr wichtige Verabredung!"

Petersen war gerade dabei, Nathan das Fell auf Hochglanz zu polieren.

„Ist doch klar, mein Deern", rief er, „bist doch sowieso ein freiwilliger Helfer hier und kannst kommen und gehen wie du magst, wenn du deinen Zottel versorgt hast. Außerdem hast du ja gestern für eine ganze Woche vorgearbeitet – die Fenster sind so blank, daß man glaubt, 's wär gar kein Glas drin."

„Frau Saubermann persönlich, was?" keuchte Hubert unter Lohengrins Bauch hervor, wo er gerade den fünften vergeblichen Versuch machte, den linken Vorderhuf des Wallachs auszukratzen. Lohengrin pflegte sich dieser Prozedur zu entziehen, indem er sein ganzes Gewicht auf das Bein legte, das gerade dran war. „Karlchen!" brüllte Hubert ärgerlich. „Ich geb dir das Geld nicht, damit du hier rumstehst und quatschst! Hilf mir mal!"

Bille begann mit Zottels Morgentoilette. Die Zähne hatte sie ihm mit Mutschs Hilfe schon zu Hause gereinigt, um die Reste der Sahnebonbons zu entfernen. Ihr war nicht sehr wohl bei dem Gedanken an seinen ungewöhnlichen Imbiß.

„Was mache ich eigentlich, wenn Zottel mal 'ne Kolik bekommt?" rief sie zu Petersen hinüber.

„Gib ihm Rizinus!" quakte Karlchen.

Petersen beachtete ihn nicht. „Am besten, du rufst gleich den Tierarzt. Und bis der kommt, sorg, daß er ständig in Bewegung bleibt. Bind ihm 'ne Decke um den Bauch und laß ihn tüchtig laufen."

„Daß der mal 'ne Kolik bekommt, glaube ich nie im Leben!" mischte sich Hubert ein. „Der hat doch 'nen Magen aus Eisen!"

„Kann Zottel heute nicht mal mit den Zweijährigen auf die Koppel?" fragte Bille. „Ich möchte, daß er sich richtig austobt."

„Nachtigall, ick hör dir trapsen", brummte Hubert. „Was hat er denn wieder angestellt, unser kleiner Liebling, hä?"

Diesmal fuhr sie doch lieber mit dem Fahrrad nach Leesten. Zottel durfte sich inzwischen mit den Zweijährigen auf der Waldkoppel tummeln. Um Punkt vier Uhr betrat Bille Onkel Pauls Büro.

Das Büro war leer. Bille ging zu dem kleinen Glasfenster hinüber, durch das man in den Verkaufsraum sehen konnte. Dort drüben stand er – und neben ihm eine junge Dame im hellblauen Kleid.

„Inge!" rief Bille und riß die Tür auf. „Menschenskind, Inge, du bist also die große Überraschung! Hat Onkel Paul dir schon alles gezeigt?"

Inge nickte vergnügt. „Ja, und er hat mich völlig überzeugt! War auch nicht besonders schwer“, sie sah sich um, „bei so guten Argumenten! Jetzt brauchen wir nur noch den Schlachtplan zu entwerfen – nicht wahr, Väterchen?“

„Bist du verrückt?“ Onkel Paul rollte entsetzt mit den Augen und suchte nach Holz. Da er aber um sich herum nur Plastik fand, klopfte er an seinen eigenen Kopf. „Verruf es bloß nicht, nachher sagt sie doch noch nein!“

Er schob die beiden Schwestern vor sich her in sein Büro. „So, jetzt ziehen wir uns zur Beratung zurück. Wie wär's mit einem Eis?“

„Au ja, prima!“

„Das wird uns sicher beflügeln.“

Onkel Paul holte aus seiner Kühltruhe eine große Packung Eistorte, und die Mädchen machten es sich in der Sitzecke bequem.

„Habt ihr schon einen Plan?“ fragte Bille.

„Ja, hör zu“, begann Inge eifrig. „Ich werde Mutsch sagen, ich hätte nun endlich den Traumberuf für sie gefunden. Das Gehalt, das Onkel Paul ihr bietet, wird sie bestimmt locken. Ich werd sie fragen, ob ich den Vertrag für sie vorbereiten darf, werde etwas von einem guten Freund sagen, der mir das Angebot für sie gemacht hat. Mir wird schon was einfallen. Dann hole ich sie am Eröffnungstag ab und bringe sie her.“

„Auweia, hoffentlich geht das gut. Aber Karlchen sagt ja auch . . .“

„Was?“

„Karlchen sagt, wenn seine Mutter was bei seinem Vater erreichen will, dann stellt sie ihn vor vollendete Tatsachen. Also gut, und was soll ich dabei tun?“

„Nun, wir haben uns gedacht, du spannst Zottel vor eine geschmückte Kutsche und verteilst Werbegeschenke. Und wenn's dann soweit ist, macht Onkel Paul mit Mutsch in der

Kutsche eine Ehrenrundfahrt und – na ja, den Rest muß er besorgen."

„Ja, aber was wird aus unserem Laden?"

„Der wird geschlossen. Ich habe schon einen Interessenten für unser Haus. Einen jungen Kunstschmied, der sich auf dem Lande eine Werkstatt einrichten möchte."

Warum wurde Inge rot?

„Dann müssen wir also aus unserem Haus raus? Schade", sagte Bille enttäuscht.

Die Röte in Inges Gesicht vertiefte sich noch ein wenig.

„Och – na ja, wie man's nimmt ..."

Onkel Paul grinste.

„Da mach dir man keine Sorgen, meine Lütte, es wird wohl in der Familie bleiben."

Wie zur Bestätigung wurde auf dem Hof dreimal kurz gehupt. Bald darauf erschien ein hünenhafter junger Mann mit roten Haaren und einem Rauschebart in der Tür.

„Das ist Thorsten", sagte Inge, immer noch ein wenig verlegen. „Thorsten, das ist meine kleine Schwester Bille. So – wir müssen leider weg. Leb wohl, Onkel Paul, bis nächste Woche! Ich halte dich telefonisch auf dem laufenden. Tschüs, Kleines, und verplapper dich nicht bei Mutsch!"

Ehe Bille noch etwas fragen konnte, waren Inge und Thorsten verschwunden.

Auch Onkel Paul schien nicht die Absicht zu haben, weitere Erklärungen abzugeben.

„So, mein Deern, jetzt wird's ernst, ich habe eine Menge Arbeit für dich. Hier sind die Werbezettel. Und hier ist eine Liste der Dörfer, in denen du sie verteilen sollst. Wir werden deinen Zottel ein bißchen ausstaffieren, und er bekommt zwei Satteltaschen, eine für die Zettel und eine für die Luftballons und Süßigkeiten. Du brauchst nichts weiter zu tun, als dich mit ihm dort aufzustellen, wo am meisten Betrieb ist und deine

Zettel dann den Leuten in die Hand zu drücken. Vielleicht findest du noch ein paar Freundinnen, die mitmachen wollen?"

„Das wird eine arbeitsreiche Woche", sagte Bille, die aufmerksam die Liste der Dörfer und Höfe studierte. „Aber ich freu mich drauf! Mal sehen, wer mir helfen kann – ich glaube, es ist besser, wenn ich jetzt gleich nach Hause fahre und mich drum kümmere, Onkel Paul. Außerdem will ich Mutsch noch ein bißchen im Haushalt zur Hand gehen. In den nächsten Tagen werde ich kaum dazu kommen."

„Ist gut, mein Deern, tu das. Ich erwarte dich morgen um neun Uhr hier, in Ordnung?"

„Okay. Tschüs, Onkel Paul!"

Natürlich wäre sie jetzt viel lieber nach Groß-Willmsdorf gefahren, um den Rest des Tages bei den Pferden zuzubringen. Aber eine große Sache war große Opfer wert, und sie mußte Mutsch bei guter Laune halten.

Nun – wenigstens Zottel gute Nacht sagen wollte sie noch, deshalb bog sie von der Chaussee auf den Feldweg ein, der zur Waldkoppel hinüberführte, ein besonders schönes Stück Weideland, das von drei Seiten von Laubwald umgeben war.

Der Weg war holprig und glitschig von den vielen Regenfällen in letzter Zeit. Bille mußte sich ganz darauf konzentrieren, nicht auszurutschen. Außerdem verfolgten die Schnaken, die an diesem schwülen Nachmittag besonders angriffslustig waren, unbarmherzig ihre nackten Arme und Beine. So kam es, daß sie erst im letzten Augenblick zwei lange Beine in ausgebleichten Jeans auf ihrem Weg sah, und so scharf bremste, daß sie seitwärts in eine Pfütze rutschte und sich ein schmutziger Wasserstrahl auf eben diese Hosenbeine ergoß.

„He, hast du nicht mehr alle Tassen im Schrank? Die habe ich vor einer Stunde frisch angezogen!"

„Karlchen!" rief Bille erschrocken. „Was machst du denn hier? Oh, entschuldige bitte!" Sie sprang vom Rad, suchte vergeblich nach einem Taschentuch und begann schließlich mit der Hand so gut es ging die Dreckspritzer von Karlchens Jeans zu entfernen.

„Was ich hier mache? Blöde Frage – ich will die Pferde reinholen!"

„Allein? Und so schnieke angezogen? Wo ist denn Hubert?"

Karlchen sah sich um, er schien beunruhigt. „Hubert ist zur Stutenkoppel rübergegangen. Ich hab ihm gesagt, ich schaff das hier schon. Außerdem bist du ja da."

Wieder sah er sich um.

„Ist irgendwas?"

„Nö, warum?"

„Weil du hier bist, auf der anderen Seite der Koppel – und nicht am Gatter. Wartest du auf jemanden?"

„Ich? Wie kommst du darauf?"

„Na, weil du dich dauernd umsiehst! Was ist denn los?"

„Ach nichts", wehrte Karlchen ab und fuhr fort, suchend um sich zu schauen.

„Hast du was verloren? Kann ich dir helfen?"

„Ehem . . .", brummte Karlchen unschlüssig.

„Also, was ist nun, kommst du?"

„Geh schon mal vor, ich komm gleich. Ich muß noch was . . ." Karlchen bückte sich nach einem Stück Papier, hob es rasch auf, ließ es aber angewidert fallen, als er bemerkte, daß es sich um ein Stück fettiges Butterbrotpapier handelte.

„Nun sag schon, was los ist! Was suchst du eigentlich?"

„Och . . .", sagte Karlchen und wurde rot. „Ich muß hier irgendwo den – meinen – nun ja, ich hatte einen Brief – von – von – ja von meiner Mutter, ich sollte ihn einstecken. Ich muß ihn hier irgendwo verloren haben."

„Warum sagst du das nicht gleich? Komm, ich helf dir suchen! Deine Mutter wird ganz schön wütend werden, wenn sie hört, daß du ihn verloren hast. War es ein wichtiger Brief?"

„Ein was? Ach so – ja, nein, nicht so besonders wichtig." Karlchen fühlte sich sichtlich nicht wohl in seiner Haut. „Weißt du was? Du könntest mir einen Gefallen tun. Hol du doch die Pferde von der Koppel – dann kann ich weitersuchen. Ich meine, du weißt ja sowieso nicht, wo ich überall gewesen bin." Er machte eine vage Handbewegung in Richtung der Koppel und zum Wald hin.

„Na schön, wie du willst. Aber dann mußt du mein Rad nehmen, okay?"

„Okay, ich komm dann nach."

Bille kroch durch den Koppelzaun, um den Weg zum Gatter abzukürzen. Da drüben hoben sich die braunen und fuchsroten Felle deutlich gegen das helle Grün der Buchen ab, nur eines schien zu fehlen: das rotweißgesprenkelte Fell Zottels. Wo steckte der Bursche wieder? Er war doch mit draußen gewesen. Hatte er eine Lücke im Zaun gefunden und sich selbständig gemacht? Bille sah sich um.

Da – endlich entdeckte sie ihn, versteckt unter den herabhängenden Zweigen einer Buche. Aber warum kam er nicht? Er schien sehr intensiv mit etwas beschäftigt zu sein. Und wenn sie sich nicht täuschte, kaute er auf etwas. Was sonst hätte ihn auch vom Kommen abhalten können!

Bille stakste durch Disteln und Löwenzahn bis zu der Stelle, an der Zottel stand. Die Zweige der Buche reichten fast bis auf die Erde, sie bildeten eine gemütliche Höhle. Das mußte auch jemand anders bemerkt haben, denn das erste, was Bille sah, war ein roter Kugelschreiber, der unter dem Baum lag.

Zottel, den Kopf leicht gesenkt, die Ohren seitlich herabhängend, den Blick starr nach innen gerichtet, malmte wie ein Wiederkäuer. Aus den Maulwinkeln quoll ihm ein unansehnlicher grauer Brei. Kaugummi! dachte Bille entsetzt.

„Zottel! Du schrecklicher Kerl! Was hast du denn jetzt wieder angestellt!" stöhnte Bille.

Erst jetzt bemerkte Zottel seine Herrin. Sein Blick wurde lebendig und erwartungsvoll, und sein lebhaftes Ohrenspiel verriet, daß es ihm keineswegs schlecht ging, und daß es sich bei seinem jammervollen Aussehen lediglich um einen Akt äußerster Konzentration gehandelt hatte.

Bille versuchte, ihm das Maul zu öffnen und den grauen Brei daraus zu entfernen. Dabei entdeckte sie etwas Weißes in seinen flaumigen Barthaaren, einen zusammengefalteten Papierschnipsel, der seiner Kauwut bisher entgangen war.

Frau Brodersens Brief! dachte Bille entsetzt. Er muß ihn Karlchen aus der Hosentasche gezogen haben. Um sicherzugehen faltete Bille das Schnipselchen auseinander und studierte es. Kaum fünf Worte waren noch zu erkennen:

„– an Helga!
– sanften Blicken
– und entrücken –“

„Ach, du kriegst die Tür nicht zu!“ platzte Bille heraus. „Karlchen hat ein Gedicht gemacht. Ein Gedicht für Helga! Na, jetzt wird mir einiges klar. Zottel! Du hast das Gemüt eines Nilpferds! Wie konntest du nur!“

Ein Festtag für Mutsch

„Nächsten Samstag mußt du mal allein zurechtkommen“, sagte Mutsch am Dienstag beim Abendbrot. „Inge holt mich ab, wir haben etwas Wichtiges zu erledigen.“

Das kam so plötzlich, daß Bille, die gerade einen großen Schluck Milch genommen hatte, sich verschluckte und husten mußte, bis sie puterrot anlief.

„Wie oft hab ich dir gesagt, du sollst nicht so hastig trinken!" sagte Billes Mutter ärgerlich

„Um Himmels willen, Kind, wie oft habe ich dir schon gesagt, du sollst nicht so hastig trinken!" Mutsch klopfte ihr halb ärgerlich, halb besorgt den Rücken. Gemerkt hatte sie nichts.

„Fein!" sagte Bille, als sie wieder Luft bekam. „Vielleicht nehme ich mir Picknick mit und bleibe über Mittag in Groß-Willmsdorf. Oder ich fahr mal mit den anderen Mädchen zum Strand."

„Das solltest du tun, du kümmerst dich neuerdings ja überhaupt nicht mehr um deine Freundinnen!"

„Wenn sich nun mal keine für Pferde interessiert? Mal abgesehen von Helga, die habe ich schon angesteckt."

Mutsch seufzte.

Sie hatte längst aufgegeben, sich über Billes Pferdefimmel aufzuregen.

„Vielleicht finde ich eines Tages eine richtige Reiterfreundin“, sagte Bille tröstend.

„Ich fürchte nur, daß du bis dahin vergessen hast, daß es außer Reiten noch andere Dinge auf der Welt gibt.“

Bille hatte Helga und Heike als Hilfstruppe für den Werbefeldzug gewinnen können, sie erklärten sich bereit, einen Teil der Orte zu übernehmen.

Da sie nicht einen so wirkungsvollen Begleiter wie den geschmückten Zottel hatten, verkleideten sie sich als Clowns. Sie banden sich Luftballons in die Haare, Helga in ihren Pferdeschwanz und Heike an ihre beiden Zopfenden, daß sie wie Hasenohren hochstanden und machten mit dem Lärm einer Kindertrompete und einer ausgedienten Trommel auf sich aufmerksam. Damit machten sie nicht weniger von sich reden als Bille in ihrem Cowboy-Dreß auf Zottel.

Onkel Paul konnte zufrieden sein. Pfundweise hatten die Mädchen Bonbons verteilt, dazu Dutzende von Luftballons mit der Aufschrift „Sparen mit dem Spar-Markt Leesten“.

Als die drei Mädchen am Freitag nachmittag erschöpft von ihrem letzten Einsatz zurückkehrten und sich ihrer Verkleidungen entledigt hatten, wartete Onkel Paul mit einer Überraschung auf sie.

„Alle in einer Reihe aufstellen und Augen zu!“ kommandierte er.

„Und Mund auf?“ fragte Bille vorwitzig.

Onkel Paul antwortete nicht, er raschelte mit Seifenpapier und behängte sie mit etwas. Dann stülpte er ihnen noch etwas auf den Kopf.

„Augen auf!“ befahl Onkel Paul.

Bille, Helga und Heike sahen sich an. Jede von ihnen zierte ein schneeweißes T-Shirt mit den leuchtend orangeroten Buchstaben S M L, dazu eine kesse Schirmmütze mit der gleichen Aufschrift, nur diesmal in den Farben Weiß auf Orangerot.

„So, jetzt darf sich jede von euch aus diesem Karton noch passende weiße Jeans heraussuchen, dann habt ihr eure Uniform zusammen. Natürlich sind die Buchstaben nur angeheftet, ihr sollt ja nicht ewig als Reklame herumlaufen."

„Wir dürfen die Sachen behalten? Toll!"

„Oh, prima! Danke schön!"

„Onkel Paul, du bist einfach eine Wucht!" Bille fiel ihm um den Hals.

Helga betrachtete sich lachend im Spiegel.

„Man wird glauben, wir sind ein neuer Fußballklub."

„Ja – Sportverein der Müden und Lahmen!" Heike hängte sich bei Helga ein und zog sie fast zu Boden.

„Ganz schön albern der Verein! Nun kommt, Zottel wartet nicht gern auf sein Abendbrot."

In der Tür – Helga und Heike waren vorausgegangen – hielt Onkel Paul Bille auf.

„Na, aufgeregt?" fragte er, und sie bemerkte, daß seine Hände leicht zitterten.

„I wo, warum denn, Onkel Paul? Das schaffen wir doch mit der linken Hand!" sagte sie zuversichtlich.

Aber wenn sie ehrlich war, hatte sie vor dem morgigen Tag gräßliches Lampenfieber. In ihrem Bauch kreiste es wie in einem Karussell, besetzt mit einem Dutzend flügelschlagender Kanarienvögel.

Auf dem Heimweg sagte Helga plötzlich: „Du, Bille, darf ich Zottel auch mal reiten?"

Bille zögerte. Eigentlich war es ihr gar nicht recht, jemand anderen an ihren Liebling heranzulassen. Aber dann fiel ihr ein, wie sehr sie sich gewünscht hatte, eine Freundin zu haben, die ihre Pferdeleidenschaft teilte, und sprang ab.

„Na klar, am besten gleich! Vielleicht bringt dich das auf den Geschmack.“

Bille half Helga in den Sattel und erklärte ihr den richtigen Sitz. Dann nahm sie Zottel sicherheitshalber am Zügel.

Helga biß sich vor Anspannung auf die Lippen, sie war eifrig bemüht, alles genauso zu machen, wie Bille es ihr gesagt hatte. Aber allmählich löste sich ihre Verkrampfung und sie sah Bille strahlend an.

„Meinst du, Herr Tiedjen würde mir auch Unterricht geben?“

„Ich weiß nicht. Im Moment hat er nicht einmal mehr Zeit für mich. Die vielen Turniere, weißt du ...“

Bille wurde schmerzlich bewußt, wie sehr ihr der Unterricht bei ihm fehlte. Wenn er wirklich mal in Groß-Willmsdorf war, beachtete er sie kaum, und nach Zottel hatte er sich schon lange nicht mehr erkundigt.

„Vielleicht im Herbst. Oder im Winter – wenn wieder Ruhe eingekehrt ist. Ich werde ihn auf jeden Fall fragen, wäre schön, wenn du mitmachen könntest!“

Dabei war sie sich gar nicht so sicher, ob Herr Tiedjen sich für sie selbst noch einmal Zeit nehmen würde.

„Jetzt will ich aber auch mal!“ mischte sich Heike energisch ein.

Helga stieg ab und machte ein paar unsichere Schritte, wie ein Seemann, der nach monatelanger Fahrt zum erstenmal wieder festen Boden unter den Füßen hat.

Heike hatte sich vorgenommen, alles besser zu machen als Helga. Sie nahm soviel Schwung beim Aufsteigen, daß sie um ein Haar auf der anderen Seite wieder hinuntergefallen wäre, hätte Bille sie nicht am Bein festgehalten. Zottel schlug unwillig mit dem Kopf.

„Du brauchst ihn nicht zu führen, das schaff ich schon allein!“ sagte Heike siegessicher, als sie schließlich richtig im Sattel saß. „Hü! Hüa!!“

Zottel fand diese Art der Anrede ausgesprochen ordinär. Ein kräftiger Ruck mit dem Kopf und die Zügel schossen nach vorn und glitten Heike aus den Händen.

Zottel wandte sich zum Straßengraben und begann friedlich zu grasen.

„Hüa! Wirst du wohl du dummes Vieh, was soll denn das!"

Zottel tat, als sei Heike Luft. Heike lehnte sich nach vorn und angelte nach den Zügeln, vergeblich.

„Na, nun nimm doch schon den Kopf hoch!" Heike trommelte mit den Fäusten gegen Zottels Hals.

Zottel riß den Kopf so plötzlich nach oben, daß Heike sich die Nase stieß, dann machte er ein paar kurze Bocksprünge und senkte den Kopf ebenso schnell, um sich erneut dem Klee zuzuwenden. Heike wurde ein paarmal hin und her geworfen wie auf einem schlingernden Schiff bei Windstärke zehn und landete schließlich sanft im Gras.

Bille und Helga grinsten.

„Soso, du schaffst das allein . . ."

„Ich glaube eher, er hat dich geschafft. Na, mach dir nichts draus, jeder gute Reiter fällt mal runter", tröstete Bille sie.

„Dummes Luder!" schimpfte Heike hinter Zottel her, der friedlich kauend am Straßengraben entlangspazierte, als wäre er allein auf der Welt. „Also ehrlich: das ist doch nur ein Beweis dafür, daß Pferde die dümmsten Tiere der Welt sind!"

„Weil er die Ehre nicht zu schätzen wußte, dich tragen zu dürfen?" spöttelte Helga.

Bille nahm Zottel zärtlich am Kopf und führte ihn auf die Straße zurück. Dann saß sie auf.

„Du hast eben von Pferden keine Ahnung!" sagte sie mitleidig zu Heike, die sich immer noch abwechselnd Nase und Po rieb. „Lernen läßt sich das nicht. Man hat es oder man hat es nicht."

*

Am nächsten Morgen – die Sonne strahlte vom Himmel, wie es sich für solch einen Festtag gehörte – putzten Karlchen und Bille Zottel für seine Galavorstellung, bis er nicht mehr wiederzuerkennen war. In die Mähne hatten sie bunte Schleifchen gebunden und auch der Schweif war in zahlreiche kleine Zöpfe geflochten, deren Ende bunte Schleifchen zierten. Zottel ließ alles geduldig mit sich geschehen, als ahnte er, was auf dem Spiel stand.

„Wollen wir ihm auch die Hufe lackieren, so richtig glänzend schwarz – als hätte er Lackschuhe an?“ fragte Karlchen.

„Unsinn, mit was denn? Bis wir hinkommen ist er sowieso wieder dreckig. Nimm ein paar Lappen mit, damit wir ihn noch mal aufpolieren können“, sagte Bille besorgt. „Und jetzt komm – je eher wir da sind, desto besser!“

„Wann soll's denn losgehen?“

„Um zehn Uhr – aber bis dahin haben wir noch eine Menge zu tun.“

Onkel Paul hatte eine kleine Kutsche für Zottel besorgen lassen und sie über und über mit Blumengirlanden geschmückt.

„Hier habt ihr noch einen Korb voller Blumen für sein Zaumzeug“, sagte Onkel Paul, als Bille und Karlchen mit Zottel den Hof betraten.

„Gut, aber das machen wir zu allerletzt, sonst hat er bis dahin alles aufgefressen“, entschied Bille. „Was können wir sonst noch tun?“

„Helga und Heike stellen gerade vorn die Sonnenschirme und Tische für den Begrüßungstrunk auf. Sie können euch sagen, was noch alles zu tun ist.“

Bille band Zottel im Hof an – weit weg von allem, was ihn als Extra-Frühstück hätte reizen können – und ging mit Karlchen durch den Laden nach vorn.

Helga und Heike waren fleißig gewesen, das Portal war mit

bunten Fähnchen geschmückt und überall standen Körbe und Vasen voller Sommerblumensträuße.

„Na endlich!“ stöhnte Heike. „Wir haben geglaubt, ihr kämt überhaupt nicht mehr. Habt ihr eurem Liebling noch Dauerwellen gemacht?“

„Ja – so könnte man's nennen“, sagte Bille ungerührt.

„Also an die Arbeit – holt mal die Gläser und Getränke aus dem Lager. Wir machen inzwischen hier weiter“, kommandierte Heike und breitete weiße Tischtücher auf die Tische.

Bille führte Karlchen ins Lager. Dort standen Kartons mit Gläsern bereit und mehrere Kühlboxen mit Sekt, Orangensaft und Cola.

„Gibt's das wirklich umsonst?“ fragte Karlchen und schaute sehnsüchtig auf die Colaflaschen.

„Klar – an so einem großen Feiertag. Aber du wirst schon noch ein bißchen warten müssen. Hier, faß an!“

Zu zweit schleppten sie die Kühlboxen nach draußen. Auf halbem Weg setzte Bille ihre Last plötzlich hart auf den Boden. Es klirrte bedenklich.

„Was ist los, kannst du nicht mehr?“

„Mensch, Karlchen, ich bin so aufgeregt – mir ist ganz schlecht!“

Karlchen legte den Kopf schief und betrachtete Bille eingehend. „Du siehst aus wie ein Harzer Käse. Na los, scher dich zu deinem Zottel, ich mach das hier schon.“

Vor dem Eingang versammelten sich immer mehr Neugierige, die die Vorbereitungen für den großen Augenblick mit Andacht verfolgten. Kurz vor zehn Uhr bog Bille mit Zottel vor der geschmückten Kutsche um die Ecke. Ein lautes „Ah!!!“ und prasselnder Applaus empfing sie. Bille wurde rot vor Stolz und Zottel dankte artig mit einer Verbeugung. Er sah aus wie eine lebende Erntekrone auf vier Beinen, überall steckten Sträußchen aus Sommerblumen und Ähren.

Karlchen kam herüber, um ein wenig an Zottels Ruhm teilzuhaben, und gemeinsam begannen sie, an die Kinder Luftballons, Fähnchen und Süßigkeiten zu verteilen. Aus den Lautsprechern drang beschwingte Tanzmusik, Onkel Paul hatte streng darauf geachtet, daß kein Stück darunter war, das Zottel in alte Zirkusseligkeit versetzen würde.

Jetzt erschien auch Onkel Paul, er nahm mit dem großen Schlüsselbund in der Hand seinen Platz vor dem Portal ein, bleich, aber gefaßt. Er duftete nach einem teuren Kölnisch Wasser und das nagelneue Hemd weichte unter kleinen Schweißbächen vor sich hin. Aber das sah niemand. Eine erwartungsvoll schweigende Menschenmenge scharte sich um Onkel Paul.

Eine Minute nach zehn. Bille mußte sich auf Zottel stützen, sie hatte das Gefühl, ihre Knie bestünden aus nasser Watte. Zottel scharrte ungeduldig mit dem Huf. Die Leute begannen, ihre Uhren zu vergleichen, sie tuschelten und steckten die Köpfe zusammen. Drei Minuten nach zehn. Onkel Paul räusperte sich nervös.

Da – endlich! – bog Inges alter VW um die Ecke und hielt genau vor dem Portal. Bille sah Mutschs ratloses Gesicht und ihren Versuch, sich zu sträuben. Aber Onkel Paul war schon bei ihr, riß die Autotür auf und bot ihr den Arm. Die Leute kamen neugierig näher. Mutsch blieb gar nichts anderes übrig, als den dargebotenen Arm zu nehmen und an Onkel Pauls Seite wie eine Braut zum Eingang des Spar-Marktes zu schreiten.

„Sieht sie nicht wunderhübsch aus?“ flüsterte Bille Karlchen zu.

Karlchen nickte. Mutsch trug ein weitschwingendes geblümtes Sommerkleid, sie war beim Friseur gewesen und sogar ein wenig Make-up hatte sie aufgelegt, das war sicher Inges Verdienst.

„Nachdem ...", Onkel Paul räusperte sich. „Nachdem ...", brüllte er jetzt mit fester Stimme über die Köpfe der Menge hinweg, „unsere Hauptperson, die künftige Leiterin unserer Filiale, Frau Olga Abromeit, eingetroffen ist, habe ich die Ehre und das Vergnügen, den Spar-Markt Leesten feierlich zu eröffnen!"

Aus dem Lautsprecher kam ein Tusch, donnernder Applaus antwortete.

Onkel Paul übergab Mutsch die Schlüssel. Die zwei Angestellten öffneten auf ein Zeichen von Onkel Paul das Portal, einige offizielle Herren schüttelten Mutsch und Onkel Paul die Hände, Helga, Heike und Karlchen begannen Sekt auszuschenken. Die Leute drängten sich um die Stände, um einen Gratis-Trunk zu erwischen.

„Bravo, Frau Abromeit! Ja so eine Überraschung! Herzlichen Glückwunsch!" Mutsch war von gratulierenden Bekannten umringt. Sie lächelte verwirrt nach allen Seiten und brachte kein Wort heraus.

Onkel Paul ließ sie nicht aus den Augen. Schließlich nahm er sie am Arm, führte sie zur Kutsche und rief laut: „Und jetzt möchte ich unsere neue Chefin zu einer Ehrenrundfahrt einladen!"

Bille übergab Onkel Paul die Zügel und führte Zottel durch die Menge bis auf die Straße. Dort flüsterte sie ihm ins Ohr: „Entschuldige, mein Kleiner, ich mach's nachher wieder gut!" Damit kniff sie ihm einmal kräftig in den Bauch.

Zottel machte einen Satz und jagte in wilden Galoppsprüngen die Straße hinunter. Bille sah nur noch, daß Mutsch Onkel Paul die Zügel aus der Hand nahm, dann waren sie in einer Staubwolke verschwunden.

„Bille! Komm, du mußt uns helfen!" rief Helga verzweifelt. „Wir brauchen Nachschub, schnell!"

*

Bille wußte nicht, wie sie die nächsten zwei Stunden verbracht hatte. Wie ein Schlafwandler rannte sie zwischen Lager und Vorplatz hin und her, holte Flaschen, spülte Gläser, schenkte aus – rannte wieder ins Lager, um Gläser oder Flaschen zu holen. Hin und wieder drang ein Satz in ihr Bewußtsein, wenn Heike flüsterte: „Gib dem nichts mehr, der war schon sechsmal da!" oder Helga zu Karlchen sagte: „He, du bist nicht zum Trinken, sondern zum Helfen hier!" Aber meistens drehten sich ihre Gedanken um Zottel, Mutsch und Onkel Paul.

Warum blieben sie so lange weg? Hatten sie sich soviel zu sagen? Machte Mutsch am Ende doch Schwierigkeiten? War Zottel etwa durchgegangen – und sie hatten einen Unfall gehabt?

„Wir brauchen frische Gläser, willst du gehen, oder soll ich?" fragte Heike.

„Laß nur, ich mach das schon!" Bille nahm das Tablett mit den schmutzigen Gläsern und drängte sich durch den inzwischen überfüllten Laden ins Lager. Ein dutzendmal war sie heute schon zum Wasserhahn gelaufen, hatte Gläser gespült und abgetrocknet. Aber diesmal war etwas anders – ein Geräusch, das vorher noch nicht dagewesen war. Bille sah sich um. Das Lager schien so ruhig wie – halt, da hinten! Hinter den Obstkisten! Bille stellte das Glas aufs Tablett zurück und lief zwischen Kisten und Kartons zum anderen Ende des Raumes.

„Um Himmels willen, Zottel!"

Da stand er, noch im Geschirr, die eine Deichsel baumelte abgebrochen in der Lederschlaufe an seiner Seite. Zottel frühstückte Äpfel und frischen Salat.

Bille wurde blaß. Also doch ein Unfall! Wo war der Wagen? Sie lief zur Laderampe vor. Ja, da hing er, Zottel hatte versucht mit dem Wagen ins Lager zu marschieren, dabei war die Deichsel gebrochen. Aber wo waren Mutsch und Onkel Paul – lagen sie am Ende irgendwo draußen, mit gebrochenen Gliedmaßen? Sie mußte sofort Karlchen holen.

In der Tür stieß sie mit Helga zusammen. „Wo bleibst du denn mit den Gläsern? Schnell!“

„Keine Zeit“, stammelte Bille und stürzte an ihr vorbei.

Vor dem Regal mit den Spirituosen mußte sie eine Vollbremsung machen, dort versperrten zwei Gestalten in weißen Mänteln ihr den Weg.

„Das Angebot an Schnäpsen ist viel zu reichlich, das werden wir reduzieren. Und an Babynahrung hast du gar nicht gedacht!“ hörte Bille sagen. Sie richtete sich auf.

„Mutsch, Onkel Paul – Gott sei Dank! Ich dachte schon ...“ Bille seufzte erleichtert. Dann lächelte sie verschmitzt. „Es hat nicht zufällig einer von euch daran gedacht, Zottel anzubinden?“

Das Erntedankfest

Die Felder waren abgeerntet, im Park von Groß-Willmsdorf begannen die Bäume, sich bunt zu färben. Die Ferien lagen lange zurück. Seit Wochen herrschte wieder der Schultag über Billes Leben.

Noch wohnten sie in dem windschiefen, gemütlichen Häuschen, aber das Schaufenster war leer und an der Ladentür hing ein Schild mit der Aufschrift: „Wegen Geschäftsaufgabe geschlossen.“

Mutsch fuhr jeden Morgen nach Leesten hinüber und kam erst abends wieder zurück. Und Onkel Paul kümmerte sich inzwischen um eine neue Baustelle: sein eigenes Haus wurde umgebaut und erweitert, denn Weihnachten wollten Mutsch und er heiraten. Dann würden sie umziehen und Inge und

Thorsten wollten damit beginnen, den Laden in eine Kunstschmiedewerkstatt umzugestalten.

Die ganze Familie schien kopf zu stehen: wo immer zwei von ihnen zusammen waren, wurden Baupläne studiert, über Möbel, Farben und Stoffe geredet, Preise verglichen und Pläne für die Hochzeit gemacht. Bille kam sich bei diesem Rummel höchst überflüssig vor.

Mutsch hatte weniger Zeit für sie denn je, mittags aß Bille das, was Mutsch am Abend vorgekocht hatte, dann verbrachte sie den Nachmittag bei den Pferden, und abends, wenn Mutsch und Onkel Paul zusammenhockten und über die gemeinsame Zukunft sprachen, verkroch sie sich hinter ihre Schulbücher, oder ging zu Karlchen hinüber.

Manchmal kam Helga mit nach Groß-Willmsdorf und Bille ließ sie auf Zottel reiten. An anderen Tagen half sie dafür Helga, die in einigen Fächern Schwierigkeiten hatte, bei den Hausaufgaben.

An zwei Tagen in der Woche lud Onkel Paul Bille zum Mittagessen in den Krug ein. Dann ließ er sich von ihren Schulerlebnissen und von Zottel erzählen. Aber Bille wurde das Gefühl nicht los, daß seine Gedanken ständig bei Mutsch waren, und es kam vor, daß sie sich nach der Zeit zurücksehnte, in der sie Mutsch ganz für sich allein gehabt hatte.

Im Reiten machte sie große Fortschritte.

Petersen, dem es immer beschwerlicher wurde, ein Pferd zu besteigen, nahm diejenigen seiner Schützlinge, die bewegt werden mußten, nur noch an die Longe.

Eines Tages – er führte gerade Patrick heraus – fragte er Bille: „Na, mein Deern, wie wär's – hast du Mut?"

„Sie meinen, ich soll Patrick reiten? Ob das Herr Tiedjen erlaubt?"

„Das verantworte ich schon. Wird Zeit, daß wir eine zweite Kraft bekommen, die in Herrn Tiedjens Abwesenheit mit den

Pferden arbeitet. Schläft ja sonst alles ein hier. Ich kann's nicht mehr – also sieh zu, daß du fix was lernst."

„Sie meinen, das könnte ich?"

„Mit der Zeit – warum nicht? Das liegt ganz bei dir. Also? Denn man zu!"

„Ohne Steigbügel?"

„Ehrensache."

Bille wurde ein bißchen mulmig, aber sie ließ es sich nicht anmerken. Petersen nahm sie an die Longe, nachdem sie mit seiner Hilfe etwas ungeschickt auf Patricks Rücken gelandet war. Aber ohne Steigbügel – daran mußte man sich erst mal gewöhnen.

Patrick war fast doppelt so groß wie Zottel. Das war schon ein anderes Gefühl, der Boden schien plötzlich weit entfernt, und Patricks Temperament ließ auch nicht zu wünschen übrig. Bille mußte sich erst auf seine kraftvollen, weitausgreifenden Schritte und Sprünge einstellen.

„Arme über den Kopf!" kommandierte Petersen, oder „Arme seitwärts!" Seine Zurufe knallten wie Schüsse über den Platz, Bille hätte dem stillen, gütigen Mann nie soviel Kraft und Energie zugetraut.

„Du bist steif wie ein Besenstiel, komm in die Mitte, jetzt wird erst mal ein bißchen Gymnastik gemacht!"

Er ließ sie den Oberkörper abwechselnd nach beiden Seiten schwingen, dann die Beine nach hinten, wobei sie über dem Pferderücken die Hacken zusammenschlagen mußte, danach die Beine vorn über den Pferdehals und schließlich mußte sie sich noch zwanzigmal nach hinten legen und wieder aufrichten.

„So – jetzt können wir anfangen, jetzt bist du ein bißchen warm geworden."

„Das ist ja wie beim Militär!" stöhnte Bille. „Richtiger Drill!"

Petersen lachte.

„Siehst du – wird höchste Zeit, daß man dich mal ein bißchen in die Zange nimmt. Bist mächtig träge geworden in den langen Ferienwochen. Aber jetzt geht's ran: Arme seitwärts und leicht traben."

Unmöglich! Sich auf dem Pferderücken zu heben ohne die helfende Stütze der Steigbügel.

„Das kann ich nicht!" jammerte Bille.

Aber Petersen lachte nur.

Nach dieser Reitstunde hatte Bille seit langer Zeit einmal wieder einen zünftigen Muskelkater. Trotzdem freute sie sich schon auf den nächsten Unterricht bei Petersen.

War er früher einmal Reitlehrer gewesen? Niemand im Dorf wußte etwas über Petersens Vergangenheit. Nur, daß er nach jahrelanger Gefangenschaft wegen seiner hervorragenden Pferdekenntnisse auf Groß-Willmsdorf Unterschlupf gefunden hatte, war allgemein bekannt. Gemunkelt wurde natürlich alles mögliche, aber da er sehr zurückgezogen lebte und niemanden störte, kümmerte sich keiner um seine Vergangenheit.

Diesmal hatte sich Petersen für Bille etwas Besonderes ausgedacht.

„Zieh morgen deinen Trainingsanzug und Turnschuhe an", hatte er ihr gesagt, „wir wollen mal was für deine Gelenkigkeit tun."

Zu ihrem Erstaunen hatte er sie Zottel herausführen lassen, und nun übte er mit ihr bereits seit einer halben Stunde das Aufspringen auf ein galoppierendes Pferd, und ließ sie auf dem Pferderücken aufstehen und Balance-Übungen machen. Zwischendurch zeigte er ihr immer wieder, wie man fällt, ohne sich zu verletzen. Das war auch nötig, denn ohne Stürze ging es diesmal nicht ab. Bille kam sich vor wie ein Mehlsack, sie hätte nie geglaubt, daß es so schwer wäre, sich im Stand auf einem

Pferderücken zu halten! Dagegen war das Aufspringen ein Kinderspiel.

„Na, du kriegst den Trick schon raus. Immer schön federn!" sagte er, als sie gerade ein inständiges Stoßgebet zum Himmel sandte, es möchten der Luft doch Balken wachsen!

„Donnerwetter! Wird hier für den Zirkus trainiert?" kam eine Stimme aus dem Hintergrund.

Herr Lohmeier war unbemerkt herangetreten und sah sich amüsiert Billes Kämpfe mit dem Gleichgewicht an. Petersen hielt Zottel an und Bille rutschte aufatmend auf den Pferderücken hinunter.

„Ich habe was mit dir zu besprechen, Bille, hast du einen Augenblick Zeit?"

Bille nickte. Ihre Kehle fühlte sich trocken und rauh an wie ein Reibeisen, dafür war sie am ganzen Körper klitschnaß.

„Machen wir Schluß für heute", sagte Petersen, „zieh dir was über, sonst erkältest du dich. Bis später dann."

Er hängte ihr fürsorglich ihre Jacke über die Schultern und ging mit Zottel zum Stall hinüber. Bille hockte sich oben auf das Gatter und sah erwartungsvoll auf Herrn Lohmeier hinunter.

„Es geht um unser Erntefest." Herr Lohmeier blinzelte zu ihr hinauf. „Du weißt schon, es soll nächsten Samstag stattfinden. Ich wollte dich fragen, ob du uns bei den Vorbereitungen helfen willst. Meine Frau und die beiden Mädchen vom benachbarten Hof schaffen es nicht allein. Hast du Lust? Karlchen hat seine Hilfe auch schon angeboten."

„Na klar, gern, was soll ich tun?"

„Weißt du, es kommen diesmal auch Gäste von den benachbarten Höfen. Vor allem die aus Peershof mit ihren Jungs. Deshalb wollen wir uns was Besonderes ausdenken, ein paar Wettspiele, vielleicht auch Ringstechen, was meinst du? Hinten im Park auf der großen Wiese. Die Tanzdiele und die Tische bauen wir in der Scheune auf, wie immer. Und bei gutem Wetter machen wir im Hof ein Feuer und grillen Hühner und Würstchen."

„Toll, ich freu mich schon! Wird Herr Tiedjen auch hier sein?"

„Eigentlich hat er es ja versprochen, aber – ich fürchte, er wird es nicht schaffen. Es ist schon ein Jammer, daß er sich so wenig um den Hof kümmern kann. Tja – der Ruhm, da kann man nichts machen. Also – bis Samstag. Und sag deiner Mutter und dem Onkel Paul, sie wären herzlich eingeladen.

„Wird gemacht!" Bille sprang von ihrem Sitz. „Bis Samstag – gleich nach dem Stalldienst melde ich mich zur Stelle!"

Im Stall war es dunkel. Nur durch die Fenster drang ein Schimmer vom Flackern des Feuers auf dem Hof und von den bunten Laternen, die in den Parkbäumen aufgehängt waren. Die große Scheune war erfüllt von Tanzmusik und Gelächter, der Lärm rollte wie Brandung heran, überschlug sich in lautem „Hoch! Hurra! Prosit!!" und schwoll dann wieder ab.

Bille hockte neben Zottel im Stroh und kraulte seine Mähne. Zottel hatte es sich bequem gemacht, er schlief. Leichter Bierdunst stieg von ihm auf, er hatte der Versuchung nicht widerstehen können, aus der Tropfschale des Bierfasses zu trinken, nachdem ihn die vielen Leckereien, die man ihm zugesteckt hatte, durstig gemacht hatten. Jetzt schnarchte er selig vor sich hin.

„Dummer, dummer Kerl", flüsterte Bille zärtlich. Sie wußte nicht, ob sie lachen oder weinen sollte. Eine merkwürdige Traurigkeit erfüllte sie, – warum? Sie konnte keinen Grund finden.

„Hoch soll'n sie leben, hoch soll'n sie leben –", sangen die da drüben in der Scheune, sicher tanzten Mutsch und Onkel Paul einen Ehrenwalzer. Mutsch, alle starrten sie an, so hübsch war sie geworden, seit das Eis zwischen ihr und Onkel Paul gebrochen war ...

Zottel tat einen tiefen Seufzer im Traum. Bille mußte lachen.

„Schlaf nur, mein Liebling, hast es verdient. Du warst sehr tüchtig heute!"

Nein, an ihm hatte es wirklich nicht gelegen, wenn Bille das Ringstechen nicht gewonnen hatte. Geritten war sie wie der Teufel, nur mit dem Zielen hatte es nicht geklappt, immer wieder war ihr der schwere Stab, der als Lanze diente, seitlich weggerutscht. Ein einziges Mal hatte sie den Ring getroffen, und vielleicht wäre sie damit sogar Sieger geworden, denn die Burschen aus dem Dorf, vom Bier schon leicht benebelt, hatten auch nicht mehr geschafft. Aber da waren diese Peershofer Jungens, drei Brüder von siebzehn, fünfzehn und dreizehn, gegen die hatte Bille keine Chance gehabt.

Na wenn schon. Reiten konnten sie alle drei prima, wenn sie nur nicht so laut und selbstbewußt wären. Wenn Bille eins nicht leiden konnte, dann waren es diese „Hoppla-jetzt-kommich-Typen", die in ihrer Wohlerzogenheit noch arrogant wirkten. Natürlich hatten sie Bille überhaupt nicht beachtet, sie hatten sie behandelt wie ein kleines Kind.

Sollten sie doch. Was gingen Bille die Peershofer an.

Mit Herrn Tiedjen war das schon anders. Er war kurz erschienen, gerade von der Reise zurück, hatte ein paar Begrüßungsworte gesprochen, etwas zerstreut den Applaus entgegengenommen und das Bierfaß angestochen. Dann hatte er einen Ehrentanz mit Frau Lohmeier getanzt und sich für den Rest des Abends entschuldigt. Er sei todmüde von der Reise und vom letzten Turnier. Bille hatte er nicht einmal angesehen.

Nun ja, er hatte eine lange und anstrengende Saison hinter sich, auf den bedeutendsten Turnieren der ganzen Welt war er gestartet, da mußte man doch verstehen, daß er erschöpft war.

Warum also sollte sie traurig sein? Alles, was sie sich noch vor einem halben Jahr so sehnlich gewünscht hatte, war in Erfüllung gegangen. Sie hatte ein Pferd, durfte reiten wann immer sie wollte – und Mutsch heiratete Onkel Paul.

Was war es dann? Bille streichelte Zottel noch einmal und stand auf. Leise verließ sie die Box.

Es wird Zeit für dich, ins Bett zu gehen, Kleines, hatte Mutsch gemahnt. War es das? Daß sie sich nicht mehr wie ein Kind fühlte und doch von den Erwachsenen noch nicht für voll genommen wurde? Daß sie arbeiten konnte wie ein Erwachsener hatte sie allen bewiesen. Aber wenn Onkel Paul ihr einen Schluck Bier anbot, hieß es gleich: „Verdirb mir das Kind nicht!"

Drei Boxen weiter stand Donau mit ihrem hübschen Stutfohlen Donata, sie verabreichte der Kleinen gerade die letzte Mahlzeit.

Bille sah undeutlich die Umrisse ihrer Körper.

„Na, mein kleiner Stift? Was machst du denn hier noch so spät?"

Bille fuhr herum.

„Herr Tiedjen?"

„Ja –" Er saß auf der Futterkiste, mit angezogenen Beinen, genau wie sie es sonst tat.

Bille trat zu ihm.

„Ich – ach, ich finde es so schön nachts im Stall. Am liebsten würde ich bei Zottel schlafen, im Stroh . . ."

„Es ist der einzige Platz, wo wir uns richtig zu Hause fühlen, stimmt's?"

„Ja."

„Komm her, Reiterlein, hock dich neben mich. Warum bist du nicht bei den anderen und feierst?"

„Och – ich weiß nicht – ich gehör doch nicht richtig dazu", – noch nicht, hatte sie eigentlich sagen wollen.

„Traurig?“

„Ein bißchen.“

„Ich habe mich auch immer in den Pferdestall geflüchtet, wenn ich mit mir nicht ins reine kam. Schon als kleiner Junge.“

„Und heute?“

„Heute ist das genauso.“

Sie schwiegen. Gegenüber ließ sich Donau aufstöhnend neben ihrer kleinen Tochter ins Stroh plumpsen. Nur Nathan stand noch aufrecht und wachte über den Schlaf der anderen. Bille sah die Silhouette seines Kopfes gegen das helle Fenster.

„Man ist ständig rund um die Welt unterwegs, man siegt oder unterliegt – man fordert das Äußerste von sich und seinen Pferden. Und dann steht man plötzlich da und fragt sich: warum tust du das eigentlich? Du liebst dein Tier doch, warum verlangst du das von ihm? Hat das alles einen Sinn?“

Er hatte zu sich selbst gesprochen und Bille war es unheimlich, den bewunderten und verehrten Lehrer in solchen Zweifeln zu erleben.

„Sie denken an das letzte Stechen, nicht wahr?“ fragte sie zögernd. „Ich habe es im Fernsehen angeschaut.“

„Ja. Auch an das letzte Stechen. Kein schöner Sieg, glaub mir. Aber hingehen und sagen: ich mute meinem Pferd diese weitere Anstrengung nicht zu! Wer tut das schon – man will es – und macht es dann doch nicht. Siehst du, Reiterlein, so feige sind die Erwachsenen.“

Bille schwieg betroffen.

Von dieser Seite hatte sie das Turnier-Reiten noch nie betrachtet. Ein Sieg im Preis der Nationen war ihr immer als das höchste Glück erschienen.

„Und dann kommt man nach Hause“, fuhr Herr Tiedjen fort, „und ist ein Fremder geworden. Die Felder sind abgeerntet und man hat sie nicht reifen sehen. Fohlen sind geboren worden und man hat sich an ihren ersten Lebenswochen gar nicht freuen können ..."

„Aber nun sind Sie doch wieder hier, und ...", Bille brach ab. Was konnte sie einem Mann wie Herrn Tiedjen schon sagen!

Herr Tiedjen schwieg eine Weile. Dann richtete er sich auf und legte Bille den Arm um die Schulter.

„Du hast recht, Mädchen. Jetzt bin ich wieder hier und es ist immer noch Zeit, alles besser zu machen. Weißt du, was wir jetzt tun werden? Wir gehen hinüber in die Scheune und legen eine Polka aufs Parkett, daß alle anderen von der Tanzfläche gefegt werden. Einverstanden?"

„Einverstanden!"

München–Wien–Hollywood/Florida USA
Deckelbild Kajo Bierl
Illustration Werner Heymann
ISBN 3 505 07370 9
Bestellnummer 7370

Weitere Bände sind erschienen

HABE ICH		WÜNSCHE ICH MIR
	Bille und Zottel Sammelband 1 Billes Erlebnisse mit ihrem geliebten Pony (enthält die Bände 1, 2 und 3)	
	Bille und Zottel Sammelband 2 Neue Abenteuer der beiden Freunde (enthält die Bände 4, 5 und 6)	
	Mit 13 hat man täglich Ärger (Band 1) Ein Mädchen sucht Freundschaft	
	Mit 14 glaubt man an die Freundschaft (Band 2) Beglückende Ferien in einer Reiterpension	
	Mit 15 wachsen einem Flügel (Band 3) Katja hat sich gemausert	
	Mit 16 tanzt man in das Leben (Band 4) Katja ist endlich am Ziel	
	Sommer, Sonne und zwei Pferde Conny rettet ein hilfloses Fohlen	

Deine Wunschliste bitte hier ausschneiden.